隠居英雄が始める
駆け上がり
最強伝説
大石ねがい
negai ooishi
イラスト
もねてい
KiNG novels

幼なじみの剣士
ユリアナ
日本からの転生者
マルク
見習い魔術師少女
シャルロット

エルフの大弓使い
ヨランダ
闘気を操る女騎士
アデル
拳銃使いの探索メイド
リュドミラ

「ひゃうっ！　ふたりがかりなんてずるいのですっ！

こんなの、気持ちよすぎて、あぁぁっ！」

シャルロットが、気持ちよさに背を仰け反らせた。

「ふふっ、かわいい……ひゃうっ、あっ、んっ！」

シャルロットのイキ姿に満足していたユリアナだったが、
そこを下から突き上げられて気持ちよさに喘いでしまう。

「さっきのお返しです、ユリアナさん♪」

楽しそうに言うシャルロットが、
ユリアナの胸を揉み、乳首をつまんでいた。

隠居英雄が始める駆け上がり最強伝説
～魔術少女と女騎士との冒険ハーレム！～

大石ねがい
イラスト：もねてぃ

KiNG novels

日本からの転生者
マルク
幼なじみの奴隷剣士
ユリアナ
エルフの大弓使い
ヨランダ
奴隷から始まる成り上がり英雄伝説
前巻までの登場人物

story

《魔術師》マルクは、日本からの転生者だ。
この異世界では、限られた者だけが特別な能力を、
「職業」として生まれ持っている。

職業を持つと、それに関することに対して、
チートな身体能力を発揮できる。
しかしそのぶん、個々に一定の制約もあって、
それに反することは許されなかった。

マルクの制約は、魔法を使ってしまうと、
「一日以内にだれかとエッチなこと」をしなければ
いけないというもの。
今までは、それを解決してくれていたのが、
幼なじみで《剣士》の能力を持つユリアナだった。

自分たちの故郷を救うため、そんな彼女と共に
奴隷として売られてしまってからも、
迷宮から発掘品を探しだす「探索者」として、
ずっといっしょに暮らしてきた。

元々冒険に憧れていたマルクは、奴隷としてであっても
迷宮に挑むことを楽しみながら、エルフのヨランダや
《銃使い》のメイド、リュドミラと出会っていく。

そしていつしか奴隷階級から脱し、探索者としても十分な実力を
持ち始めていたマルクは、モンスターを凶暴化させる
恐るべき実験と、その首謀者との戦いに巻き込まれていった。

仲間たちとの協力で見事に事件を解決したマルクは、
国家からも一目置かれる英雄となり、
ユリアナとともに半隠居状態で暮らしていたのだが……。

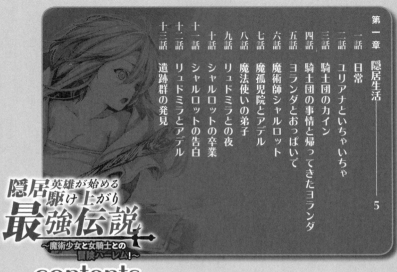

隠居英雄が始める駆け上がり最強伝説
～魔術少女と女騎士との冒険ハーレム！～

contents

第一章　隠居生活

一話　日常

懐かしい夢を見ていた。

探索者としてダンジョンに潜っていたころの夢だ。

世界に残された遺跡に潜り、すでに失われた技術による道具や財宝を集める、ロマンに溢れた仕事。

危険と隣り合わせだが、それ以上に魅力的な冒険があった。

そのころのマルクは故郷の村を救うため、高額で買われた奴隷だった。

しかし、胸躍る冒険の日々は、決して嫌いではなかった。

この世界に存在する《職業》持ちと呼ばれる人間たち。

それぞれ制約を持つものの、その不便を補ってあまりある力を持った者たちだ。だから奴隷といっても、マルクは戦力として重宝され、パフォーマンスを落とさないくらいの生活は保証されていた。

夢の中で、マルクは遺跡を歩いていた。これはどこの遺跡だっただろう。

あるいは様々な記憶が混ざって、どこでもない遺跡を頭に映し出しているのかもしれない。

石造りのなめらかな壁。《魔術師》という後衛職であるマルクの前を、松明を持った戦士やシーフが先導している。

彼らは《職業》持ちではないが、マルクの先輩で、経験に裏打ちされた実力を持つ者たちだった。

そしてマルクの隣には、同じ村の出身で《剣士》のユリアナがいた。

共に探索者になろう、と子供のころから話していた大切な幼馴染。

遺跡の探索は危険だ。モンスターが出るし、トラップが仕掛けられていることもある。

だからこそ探索者なんて仕事が成り立って、持ち帰ったアイテムを売ることができるのだが、それだってどんなものが見つかるかはわからない。

一攫千金と言うとロマンはあるが、危険だし一般的にはまともな仕事じゃない。

それでも、探索者はマルクが憧れた仕事で、遺跡探索は胸が躍るものだった。

久々にダンジョンの夢を見た気がする。

どうしていまさら、と疑問を抱《いだ》きながら、その光景が遠ざかっていくのを感じた。


青年、マルクは目を覚ました。住み慣れた自分の家だ。

広いベッドは彼の体を柔らかく支え、とてもよく疲れをとってくれる。

大きなベッドが窮屈に感じないくらいには、部屋も広かった。

都市国家ドミスティアの中心街。街の名前も国名と同じドミスティアにマルクは住んでいた。

周囲に多くの遺跡を持ち、まだまだ見つかっていない遺跡があるはずだと言われているこの都市国家は、その遺跡からの発掘品で力をつけた国だ。

なかでもドミスティアは探索者にとって最も魅力的な街だった。一攫千金や遺跡での冒険を望む探索者たちが集まり、レアな発掘品をいち早く手に入れようとする商人も集まる活気に満ちた街だ。

その街の中に、マルクの家はあった。やや大きいほうではあるが、普通の一軒家だ。

二階建てで、裏には庭がある。これで車でもあれば、昭和的な理想のマイホーム、といったところだろう。マルクが着替えを手にすると、飾ってある勲章が目に入る。

これは以前、マルクがこのドミスティアを危機から救ったときに授与されたものだ。

この家を持つことができたのも、その事件がきっかけだった。《魔術師》であるとはいえ、ただの一探索者だったマルクが英雄として名を馳せることになった変異種事件。

その結果として手にした勲章は、隠居して穏やかな暮らしを送っている今も、額縁の中で輝いていた。マルクはその勲章から視線を切ると、着替えを終えてリビングへと向かう。

階段を下りると、そちらからは香ばしい朝食の匂いが漂ってきていた。

「おはよ、マルク！」

マルクがリビングに顔を出すと、キッチンのほうから明るい声が聞こえた。

「ああ、おはよう」

マルクが挨拶を返して少しすると、お皿を手に持った女性が現れる。

短めのツインテールに大きな瞳。明るい印象の彼女は、笑顔を浮かべている。

マルクの幼馴染であり、共に冒険をしていたユリアナだ。今は一緒に住んでいる。

料理中だった彼女はエプロンを着用しており、露出度は決して高くない。

しかしエプロンの上からでも、それを大いに盛り上げる巨乳はその存在感を誇示していた。

「ちょうどいいタイミングだったね。そろそろ起こしに行こうと思ってたところだよ」

ユリアナは上機嫌でテーブルに皿を並べていく。

そしてマルクの向かいに座ると、ふたりで手を合わせた。

「いただきます」

元々はマルクが前世で行っていた習慣だが、今ではすっかりユリアナにも移っていた。

ドミスティアの英雄、救国の魔術師などと言われるマルクは、元々転生者だった。

《魔術師》という、**《職業》**持ちの中でもレアな能力に加え、その前世の知識を活かして生き延び、成功したのだ。こちらでの濃い経験に比べれば、退屈だった前世の人生は薄く、もうそちらのことは碌《ろく》に思い出していない。知識だけを必要なときに便利に使うくらいだ。

今の彼の生活を作っているのは、幼馴染のユリアナ、探索者として出会ったエルフのヨランダ、途中で手を組むようになったメイドのリュドミラの三人だった。

勲章を授与されたマルクは、探索者を半ば引退し、今はのんびりとこの家で暮らしている。

探索者はどうしたって危険と隣り合わせだ。無理をしなければ概《おおむ》ね問題はないが、欲を抑えきれないのもまた人間。

一層、もう一層と遺跡を潜っていく度、感覚が麻痺してもっと行けるのではと思ってしまう。

そんな際限のない欲求に終止符を打ち、マルクは静かに暮らしている。

自身はともかくユリアナを危険から遠ざけることができるので、安心できる面もあった。

探索者としての冒険、勲章をもらうような無茶も、もう過去のこと。

今はのんびりと暮らしながら、時折実力から見れば余裕でしかないような探索を行う。

他には、騎士団の手が回らない村にモンスターが出るのを手早く退治したり、不足した薬草を集めたり、と細々としたことも行っている。モンスター退治は普通の人では危険なのだが、狩る力を持つ者は大抵騎士団員か探索者であり、薬草集めのようなことはしないのだ。

モンスターが凶暴化した変異種事件からずっと、いつも以上に薬草が必要になっている。

村人には危険な地域でも、マルクなら危なげないので、自分がやればいい。

そう考えたマルクは、必要とされればいつでも村を助けていたのだった。

たまには遺跡に潜ることもあるが、それも今の彼にとっては簡単なところばかり。

栄誉はもう十分だ。手近な人を助けるだけでそれなりの収入もあり、マルクの暮らしは危険な冒険から離れていたのだった。

「じゃ、そろそろ出かけるよ」

食事を終えたマルクがそう言うと、ユリアナが玄関まで見送りに来た。

「いってらっしゃい……んっ」

軽く口づけをした彼女に見送られ、マルクは今日も薬草採集に向かったのだった。


夕方の街は人に溢れ、賑わっている。

今日も隣の村に集めた薬草を届けたマルクは、のんびりと帰路についていた。

ちょうど今ごろは探索者たちも街へと帰るところで、道すがら顔見知りと一緒になる。

「おお、マルクさん。偶然ですね」

「わ、マルクさんだ！」

ドミスティア全体を救って勲章を得たマルクは、街中でも人々からどちらかといえば好意的に迎えられることが多い。有名だからこそそのやっかみを受けることもあるが、たいていは明るく挨拶される。しかし探索者同士の間では、そうはいかないことがほとんどだった。

マルクは故郷の村を出るとき、奴隷として買われ、探索者になった。

そこから自由を勝ち取り英雄にまでなった成功者だったから、同業者からは基本はべた褒め、尊敬の対象だ。

それでいて気取ったりふんぞり返ることもない人柄。ギラギラの成金趣味でもないし、これまでの反動のように奴隷を侍《はべ》らすこともしない。

探索者という荒くれたイメージの世界で成功しつつ、手にしているものはこじんまりとした幸せ。

……いや、実際のところは美女三人に囲まれているので、あまり控えめではないのだが。

ともあれ、派手じゃなくて偉そうじゃない成功者、ということが探索者仲間に評価されていた。

日ごろはあまり良くはない探索者のイメージ上昇にもなるし、成功の形を増やしたことも大きい。

これまでの探索者は、大金を稼いで大金を使い、どんどん上を目指して壊れるまで駆け上っていくしか成功像がなかった。抑圧の反動で気が大きくなり、心が驕《おご》っていくのが探索者だったのだ。

「マルクさんは、探索に本格復帰しないんですか？」

半隠居したといっても、腕自体は今でも一流。まだ引退するような状態じゃない。

そう思ってくれる探索者が尋ねても、マルクはいつも頷いてからこう言った。

「ああ。今のところはその予定もないかな」

「そうなんですか」

その腕が惜しいと思いながらも、がっつかないのもまたいいことなのかな、と同業者たちはなんとなく納得してくれているようだった。

（遺跡……か……）

マルクは今朝見た夢を思い出しながら、そんなふうに自分を取り囲む探索者たちを眺めてみるのだった。

二話　ユリアナといちゃいちゃ

夜、家へと帰ってきたマルクはユリアナと食事をし、風呂に入って、一日を終える。

他よりは明るく活気があるドミスティアも、夜はそこまで長くない。

灯りを維持するのにもコストが掛かるから、それなりに早く寝てしまうのが普通だった。

マルクもそれは同じで、もう照明の火が落ちて薄っすらと星明りが射すだけの部屋で、寝る準備に入っていた。

「マルク、起きてる？」

そう言いながら、すっと部屋に入ってきたのはユリアナだ。

「ああ、起きてるよ」

幼馴染でパートナーの彼女とは、何度も肌を重ねている。

マルクにとっていちばん身近な女の子で、幼いころからずっと一緒だった。

同じ家で暮らしている今は、遠慮なくいちゃついているくらいだ。

だからこうして夜にユリアナが部屋を訪れるのも、そう珍しいことじゃない。

もう寝間着になっており、薄いネグリジェ姿の彼女が、ベッドに座っているマルクへと近づいてくる。

彼女はそのまま隣に腰掛けると、マルクを見つめた。

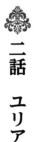

「今日は、魔術を使った？」

「いや、戦闘はなかったし、薬草を集めただけだからね」

ユリアナの言葉に、マルクは答える。

「そっか」

《**職業**》持ちにはそれぞれ制約がある。マルクの制約は「魔術を使った場合、二十四時間以内に広義の性行為をしなければいけない」というものだった。

「なんだか、こういうやり取りももう懐かしいな」

かつてはユリアナがその相手として、肌を重ねてくれていた。

「だね。前はまあ、なかなか素直になれなかったし」

当時は好意を素直に表せず、成約を言い訳に関係していたものだが、今ではその必要もなくなったので、いつでも恋人として互いを求めることができる。

「んっ……」

マルクがその唇に触れると、彼女は腕を回し、マルクに抱きついた。

柔らかな彼女の体、特にその大きな胸が押しつけられ、マルクは先程よりも激しいキスで彼女を求めた。

「ちゅっ……れろっ、んっ」

舌を伸ばし、互いに絡める。

どことなく甘みを感じるキスを交わしていると、身体の芯が熱くなってくるのを感じた。

「ん、はぁ……」

口を離すと、混ざりあった唾液がふたりの唇からこぼれる。

ユリアナも頬を上気させ、瞳が潤んでいた。

「マルク……」

ユリアナが、我慢できないというようにマルクをベッドへと押し倒す。

マルクは彼女を抱き寄せ、再びキスをした。

「ちゅっ……ん、あぁ……」

マルクの上に乗っているユリアナは、キスをしながらその手で彼の身体を弄っていく。

胸からお腹、そして股間へと伸びた彼女の細い手が、ズボンの中で硬くなったそこを優しくなで上げる。

「マルクのここ、もう元気になってるね」

彼女はそう言うと、身体を下へとずらしていく。

マルクの胸やお腹を、ユリアナの大きく柔らかなおっぱいがこすっていった。

「はぅ、あぁ……」

マルクが乳房の感触に気持ちよくなるのと同様に、胸を擦りつけているユリアナ自身も、感じて甘い吐息を漏らした。

彼女はそのままマルクのズボンを下ろし、肉竿を露出させる。

「大きいけど、まだ完全じゃないよね。ちゅっ……」

「うぁ……」

ユリアナは膨らみかけの肉竿、その亀頭に軽く口づけをした。

柔らかい唇に敏感な先端を押され、そこへ血液が集まってくる。

「れろっ、ちゅっ、んっ……」

ユリアナが舌を伸ばし、裏筋の部分を舐めてくる。マルクの弱点を知っている彼女は、そこを的確に責めていった。

「れろっ、ん、どんどん大きくなってくるね。マルクのここ」

肉竿をしゃぶりながら、ユリアナが声をかけてくる。

咥えながらの上目遣いは破壊力が高く、マルクをより昂ぶらせた。

「はぁ……はむっ、れろ、じゅぶっ！」

そんなマルクの興奮を感じ取って、ユリアナはより大胆にフェラを続ける。

舌で先端を舐め上げ、吸い上げる。

マルクの反応を見ながら、口内で肉竿を転がす。

「じゅぶっ、んっ……もごっ、あふっ……マルク、気持ちよくなってくれてるね」

「ああ……」

フェラの快感に犯されながら、マルクは短く答えた。

このまま口に出すのもいいが、見ればユリアナの身体もだいぶ火照り、触ってほしそうにしている。

そこでマルクは腰を引いて肉竿を彼女の口から抜くと、体勢を入れ替えて組み敷いた。

「ん、マルク……」

ユリアナは切なげに彼を見上げた。

マルクはそんな彼女の服に手をかけ、脱がしていく。

ネグリジェはあっさりと脱がされ、大きな胸がぷるん、と揺れて姿を現した。

白い双丘の先端では、ピンクの頂が興奮を示すようにつんと上を向いている。

そして露《あらわ》になった下着は、漏れ出した蜜によってぴったりと張りつき、彼女の女の形を赤裸々に示していた。

「ひゃうっ、あぁ、んっ」

その縦線をなで上げると、ユリアナが艶めかしい声を出す。

そんな反応を楽しむように、パンツ越しの秘裂を指で擦り続け、陰核の辺りもくすぐるように刺激する。

「んぅっ！　ダメ、あ、あぁぁ……」

彼女のそこからはどんどん蜜が溢れ出し、下着を濃い色に染めていく。

下着に手をかけて脱がしていくと、湿ったクロッチの部分がいやらしい糸を引いていた。

「あっ、ん、やぁっ……」

ユリアナが恥ずかしそうに顔を赤くし、身悶える。

その姿はマルクをさらに興奮させ、ガチガチの肉竿が彼女の膣口へと迫る。

「あぅ、マルクの熱いの、当たってる」

そう言って小さく腰を動かすユリアナ。

亀頭と陰裂が擦れ合い、互いに快感をもたらす。同時に、それはどこか焦らすような気持ちよさとなってふたりを焚きつけるのだった。

マルクはユリアナの腰を掴み、正常位でゆっくりと挿入してく。

「あっ、はぁ、うんっ……マルクの硬ぃのが、入ってくるっ……」

熱く濡れた膣内がマルクの肉竿をピッタリと包む。

その襞が絡みつき蠢くと、快感がマルクの芯を捉えた。

その快楽に身を任せ、彼女の中を往復している。

「んぁっ、わたしの中、マルクの形になってる……」

もうすっかり馴染んでいるのに、それでいてきつい締めつけがマルクを襲う。

まるでそれが正しい形だとでも言うように、ふたりの性器はピッタリとフィットしていた。

「ん、ぅ、マルクぅ……」

甘えるように、ユリアナが抱きついてくる。

身体がより密着して、彼女の大きなおっぱいがマルクの胸板で押し潰される。柔らかく形を変えたその先端だけが硬く、ぐいぐいとマルクに主張した。

また、腰も近づいたことでより奥まで肉竿が入り、ユリアナはその気持ちよさに嬌声を上げて喜んだ。

「んぁっ！　マルク、あぁっ……いいよぉ……もっときて、激しく、んぁっ、あぁっ……ひぅぅううっ！」

彼女の期待に応えるように、マルクはピストンの速度を上げた。

肉竿が膣道を犯し、押し広げていく。

「んぁっ、ふぅ、んっ！　マルク、わたし、もうっ……」

快楽で乱れたユリアナが、背を仰《の》け反《ぞ》らせるように硬直した。

荒い息と甘い嬌声が、マルクの耳を楽しませる。

「あぅ、イクッ、んはぁ、あっあっ、ひぅぅうぅぅっ！」

身体を震わせながら、ユリアナがついに絶頂した。

そのイキながらの締めつけは、昂ぶったマルクのものを強く求めてくる。

「ぐっ、ユリアナ、いくぞっ」

精液を求めるメスの襞道で茎を擦り、勢いよく抜き差ししていった。

「ひうっ！　あはぁっ、イってるときにそんなにしたらぁっ、あはぁっ、ん、あっ、あぁ……んはぁぁぁっ！」

それでもマルクは、勢いを落とすことなくピストンを続けていく。

肉と肉のぶつかる音がますます大きくなり、卑猥な気持ちを高めていった。

「あっ！　あぐっ……マルク……だめ、もうダメ！　そこっ、くひぃ！」

彼女の最奥へと肉竿を届かせぐいぐい擦りつけながら、その行き止まりに思い切り射精した。

「ひゃぅぅっ！　熱いの、びゅくびゅくって出てるっ！　わたしの中、マルクの赤ちゃん汁でいっぱいになってるよぉ！」

思いっきり嬌声を上げるユリアナに、マルクの心が満たされていく。

そして精液を出し切ると、ゆっくりと肉竿を引き抜いた。

「あんっ」

引き抜くときにカリが引っかかり、ユリアナが色っぽい声を上げる。

彼女のそこから、混ざり合ったふたりの体液がとろりと溢れてきた。

ぱんっ
んっ
はあ♡
あっ

「マルク……ん……ちゅっ」

物欲しげに見上げてきた彼女に、キスをする。

そうしてから横になったマルクに、ユリアナが軽く抱きついてきた。

火照った互いの身体を感じながら、ベッドの中でいちゃついてしばらく楽しむ。

最初は抱きついていただけだったユリアナが、次第に足を体に絡め、胸を押しつけてくる。

そんな彼女にマルクも再び興奮し、股間を柔らかなお腹に押しつける。

再び硬くなったそこをユリアナが太腿で挟み、擦り上げていく。

「ん、あぁ……はぁ……ね、マルク、もう一度しよ？」

肉付きのいい腿に挟んだ肉竿を擦り上げながら、ユリアナがおねだりをする。

「ああ、もちろん」

頷いたマルクは、竿の角度を変えて彼女の秘部を突っついた。

そしてそのまま、ふたりは二回戦へと突入するのだった。

三話　騎士団のカイン

いつものようにゆったりとした時間を過ごしていたマルクの元に、来客があった。

「はじめまして、マルク殿。騎士団の命でお伺いしました」

玄関先でそう言った青年に、マルクは視線を走らせる。

その鎧、そしてマークは間違いなく騎士団のものだ。

もし騎士団の名を騙《かた》れば、この国ではきつい罰則がある。そのため、彼の言うことは本当なのだろうとマルクは判断した。

「それで、どうしたんです？」

騎士団は「遺跡に潜る荒くれ者」という印象の探索者とは違い、治安維持のためにドミスティアに正式に雇われている者たちだ。

探索者同様遺跡に潜ることもあるが、彼らのそれは、モンスターを討伐し領地内の危険を減らすためなどの名目で行われていた。道中で価値のあるものが見つかれば持って帰るが、積極的に宝を狙うわけではない、ということになっている。

好き勝手に振る舞う探索者と違い、組織としての建前や騎士としての体面みたいなものにも、ある程度縛られている。

ただ、騎士としての体面などといっても、実際に貴族として認められている正騎士はごく一部だった。

大半は准騎士と呼ばれる、普通の平民階級だ。

任務としては人助けなのに、騎士団という名前や立場を都合良く利用している者も多く、住民たちからの評価は探索者同様に、そう良いものでもなかった。

そんな騎士団員にとって、探索者は同じく荒事を金にしているからこそ、より下に見がちな対象だ。

だが、目の前の騎士（おそらくは准騎士だろう）からは、マルクを軽んじるような気配はなかった。

これはこの騎士が探索者を下に見ない程度には人格者だからというより、マルクだけがその辺の探索者とは違うからだった。

「隊長がマルク殿にお会いしたいと申しており、こうしてお迎えに上がらせていただきました」

「隊長……？」

口調や態度こそ丁寧だが、有無を言わさず連れて行こうとするあたり、この国の騎士団らしい傲慢さが見て取れる。

彼らの上官は本当の騎士――つまり貴族だ。そのため、権力を傘にきることができる騎士団員は、その部下である自分たちもまた、ただの平民とは違うという意識を持っているのが普通だった。

「はい。詰所のほうで隊長がお待ちです。どうぞ」

その強引さにあまりいい予感はしなかったが、断るのに適切な理由も今は浮かばない。

話を聞くくらいならかまわないかと判断して、マルクはその騎士とともに詰所へと向かうことになった。

騎士団の詰所は、ちょっとした砦のような造りだった。

そのいかめしさは、周囲へのアピールも兼ねているのだろう。

石造りの堅牢そうな砦。その入り口には騎士団の人間がこれ見よがしに槍を手に立っていた。

騎士に案内されているマルクへは、彼らも威圧してこない。かといってそこまで来客にかしこまる風でもない。その様子から、マルクは彼らが自分にどういう力関係を想定しているかを察した。

そのまま案内役の騎士に連れられて、内部を歩いていく。

騎士団の施設に入る機会などなかったマルクは、歩きながらもそれとなく様子を観察していた。

（やはりこういうところは、自分には合わなそうだな……）

荒っぽいということはなさそうだが、そのぶん権威と上下関係を重視しているのがはっきりと伝わってくる空気感だ。

堅苦しいとまでは言わないが、息苦しくはある。もちろん、それはマルクにとっての話であって、そこに馴染んでいる騎士たちはうまくやっているようだった。

ここで働く彼らは、過労死に近かった前世のマルクに比べれば、よほどいい顔をしている。

そんなことを考えながら、マルクは奥の部屋へと案内されていった。

「隊長、マルク殿をお連れしました」

扉をノックし、同行した騎士がそう告げる。

そして彼は、返事を待たずに扉を開けた。

扉の正面にはデスクがあり、そこにひとりの男性が座っている。

資料が積まれた棚は執務室ならよく見られそうな光景だが、室内に武具も飾ってあるのが騎士団らしい。

いくつかの勲章が飾ってあるものの、その中に正式な騎士へのものはないのが分かる。

マルクは騎士団の内情についてはほとんど知らなかったが、どうやら隊長クラスであっても正騎士ではないらしい。

部屋にさっと視線を走らせ、そんな確認をしていたマルクに隊長と呼ばれた男が声をかけてきた。

「ご足労感謝する、マルク殿。私はドミスティア騎士団第二部隊隊長のカインだ」

「マルクです」

名前を呼ばれてはいたが、相手が名乗ったので一応名乗り返しておく。

カインは騎士団の人間だけあって、鍛え上げられた肉体をしている。

魔術師のマルクよりも、二回りは筋肉がついているようだ。

切りそろえられた短髪と厳つい雰囲気は、まさに体育会系を思わせた。

「今日来てもらったのは、マルク殿にいい話があるからなのだ」

そう言ったカインは、もっともらしく頷いてみせると再び言葉を続けた。

「マルク殿は探索者ながら、先の事件で素晴らしい働きをみせ、このドミスティアを救った。そこでその功績を讃え、我が騎士団に推薦しようと思うのだ」

「はぁ……」

ぼんやりと答えたマルクに、まだ話がわかっていないのだろうと判断したカインが続ける。

「マルク殿をドミスティア騎士団に、我が第二部隊に迎え入れたい」

カインの口ぶりは、まるで断られることなどありえない、というように誇らしげだった。

ある意味、それも仕方ないことだ。探索者は他にできることのないただの荒くれ者で、騎士団は国が雇い主。

住民の心象はどうあれ、その社会的地位は大違いだ。探索者のほとんどは、騎士団に入ることができる――それも隊長の推薦つきで、下っ端ではない――となれば大喜びで話を受けるだろう。

「もちろん、すでに実績のあるマルク殿だ。下働きなどしなくていい。最初から小隊を率いてもらう形なる」

カインは笑みを浮かべながら、そう話した。

媚びと驕りがないまぜになったような笑みのカインは、当然話を受けるだろう、とマルクを見ている。

しかしマルクのほうは、正直騎士団にも権力にも興味はない。

カインの顔からは、マルクに対する悪意は感じられない。だがもちろんそれは、純粋な好意でもない。

（一応、英雄ってことになっているからか？）

部屋に飾ってある勲章の数々が、カインの性格を表しているように思う。

マルクにもっと功名心があれば、そんなカインと手を組むのは双方に利益のあることなのだろう。

マルクは騎士団に入り、それなりの地位を得る。

カインは、有名人であるマルクを自分の派閥に組み込み、その力を強化する。

（とはいえなぁ……）

マルクは内心ため息をついた。

勲章はおとなしく貰っておいたし、マルク自身も別に権力側を嫌って喧嘩しようなんて思っているわけではない。

かといって、息苦しそうな騎士団に所属したいかというと、そんな気持ちはまったくなかった。

そこまで権力や地位を欲してはいないのだ。

自由で気楽な探索者のほうが、ずっといい。

「ありがたいお話なのですが……」

そう言ってマルクは切り出す。

「たまたま機会があって勲章をいただきましたが、私はただの探索者です。騎士団のようなちゃんとしたところより、責任のない探索者のほうが性に合っているのです」

言葉には気をつけながらも、意思はしっかりと伝える。

変に濁して、逃げ道を塞がれても面倒だ。

「そ、そうか……」

カインは、断られたことに対する不満を隠そうともしない表情でそう呟いた。

しかし同時に、今回の誘いが急で一方的だったことも理解しているようで、それ以上踏み込んではこない。

探索者なんて、騎士団に入れてやるといえば二つ返事だろう、と高をくくっていたのは確かだが、それでうまくいかないとなれば、すぐに次を考えるくらいの判断力はカインにもあったようだ。

ならばこの場で無駄に引き止めて心象を損ねるより、より具体的で魅力的な条件を提示できるよう準備し、改めて話を持っていったほうがいい、ぐらいは考えているだろう。

「残念だが、マルク殿にも都合があるだろうしな。だが、もし気が変わったら声をかけてくれ。第二部隊隊長のカインに用がある、と言ってくれればすぐに取り次ぐようにしておこう」

「……お気遣いありがとうございます。では、失礼します」

マルクは頭を下げて、部屋を出る。

思ったよりスムーズにわかってもらえて助かった。

（しかし騎士団か……こんなことが起こるなんてな……）

思った以上に、貰った勲章の影響力は凄いらしい。

奴隷上がりの自分に騎士団からのスカウトだなんて、ただの探索者だったころは考えもしなかったことだ。

それはそれとして、どのみち面倒事が多そうな騎士になることに興味がないマルクは、昼食をどうしようか考えながら詰所を出たのだった。

四話　騎士団の事情と帰ってきたヨランダ

詰所とはいえそれなりに大きく、砦とも呼ばれている騎士団の施設を後にしたマルクは、そのまま街へと戻る。

すぐそばがメインストリートなので、昼を少し過ぎたこの時間でも、街はある程度の活気に満ちていた。ピークである夕方頃とは比ぶべくもないが、このくらいのほうが歩きやすくていい。

やはり砦の近くだからか、騎士たちの姿がチラホラと見える。貴族階級の正騎士は街中で一人歩きなどはしないから、彼らが准騎士であるのはすぐに分かる。

そんな騎士たちの様子を眺めながら、マルクは近くの酒場へと入った。

流石に昼間とあって、大半の客は酒には手を出さず、普通に食事をしていた。

当然、仕事が休みな者の中には、昼から呑んでいる者もいた。テーブル席にいる五人ほどの男たちは、顔も赤くご機嫌だ。

マルクは適当にカウンターに腰掛け、料理を注文する。

彼も休みだったが、酒は注文しなかった。誰か一緒ならともかく、ひとりで呑む気にはなれなかった。

半隠居だといっても昼から酒を呑む習慣はない。酔っても問題ないとわかっていても、なかなか手を伸ばせなかった。

変なところで小心だな、と自嘲しながらマルクは料理がくるのを待った。

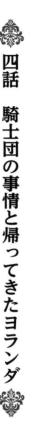

程なくして出された料理に手をつけていると、近くの席から声が聞こえてくる。

店内は様々な話し声に満ちていたが、それがたまたま、先程訪れたばかりの騎士団に関するものだったので、マルクの耳が拾ったのだ。話している男たちもまた、休憩中の騎士らしい。

「それにしても、アデルは凄いみたいっすね」

「ああ。山を根城にしていた盗賊を捕らえたのも彼女だってな」

「はー、すごいっす。出世コースまっしぐらっすね」

「なにせあの若さで隊長だもんな」

この准騎士たちの話によると、アデルという騎士団員が有能で、活躍しているらしい。

治安を守る騎士団に優秀な人がいるのはいいことだな、と素直に感じたマルクはそこで興味を失いつつあったが、次の一言でまた様子が変わる。

「ああ。だからカインさんも焦ってるんすね」

「第二部隊の隊長になって順調だったのに、アデルが追い上げてきてるからか」

「ですね。カインさんは《**槍使い**》だし、実際すごく強いから出世してきたっすけど、アデルのほうも《**闘気使い**》らしいっす」

「《**闘気使い**》？」

准騎士の片方は、わからない、というように語尾を上げた。

カインの話題、そして《**闘気使い**》という《**職業**》持ちの話になったため、マルクの興味は再び彼らの話に戻り、その声をはっきりと拾ってしまう。

「ああ。いわゆるレア《**職業**》ですね。なんでも武器を選ばず強いらしいんすけど、下手するとバーサーカー状態になっちゃうみたいです」

「あー、だからアデルって第四部隊の隊長なのに、ひとりでいることが多いのか」

「能力を発揮するときは隊員に気をつかったり連携したりできなくなるから、ひとりのほうが強いらしいっすね」

マルクは彼らの話に意識を向け続けていた。

「部隊の騎士には予め指示を出してから、分かれて動いてるらしいですから。ひとりで何人分もの戦闘力があるから、第四は実質の小隊が一つ増えてるみたいな感じっすね」

「なるほどなー、つうか第二部隊はカインさんが、第四部隊はアデルが引っ張ってるんじゃ、おれたち第三部隊や他の隊は押されてばっかだなー」

「それはいいんですよ、別に。化物よりはうちの隊長のほうがマシっす。無茶を無茶だってわかってる分。《職業》持ちはみんな素でおかしいから、上司にしたら大変っすよ」

「しかしそうかー、それでカインさんも焦って、最近内部が変な空気なのか」

「ま、おれたちには関係ないっすけど。それとも、どっちかにつくとか……ですか？」

「いやいや。それなりに金は貰えてるから満足だ。どっちかについても、そっちが勢力争いに負けたら困る」

「つすよねー。あっ、そういや――」

そんなふうにして、彼らの話題は近所のパン屋の美人店員に移っていった。

（カインが声をかけてきたのは、アデルとやらに追いつかれないためなのか……）

マルクは奴隷出身の探索者だ。普通なら騎士団に誘われることなんてない。しかし、勲章を授与されており、名前もそれなりに売れている。そして《魔術師》という、レア《職業》持ちだ。

戦力としても箔としても、かなり大きいだろう。

騎士団の中にも派閥争いのようなものはあるらしい。平民でも隊長よりもっと上へいけば、正騎士となって貴族になれるということも考えれば、それも仕方ないのかもしれない。

話している准騎士たちとは違い、隊長格ならそこまで、あと一歩や二歩だからこそ、内部で争ってまで騎士の座が欲しくなってしまうのだろう。

それでも直接は足を引っ張らず、あくまで任務内の出世レースの中で戦っているのだから、マシなほうだ。

モンスターの出るこの世界では、こっそり武力に訴えることも珍しくない。その筆頭が一部の探索者であり、他の人からあまり良く思われない理由でもある。

(思った以上に人間関係が面倒そうだし、やっぱり騎士団に関わるのは止めておこう)

マルクは改めて、そう結論づけたのだった。


食事を終えたマルクが家に戻ると、「おかえり」という声が二つ聞こえた。

片方はもちろんユリアナの声だ。

もう一方の、よく聞き覚えのある声に惹かれて、マルクはすぐにリビングへと顔を出す。

「ヨランダ?」

「久しぶり、マルク」

そう言って微笑んだのは、流れるような銀髪にスラリとした体躯。それでいて目を引く爆乳に、尖った耳、そして泣きぼくろが特徴的な、エルフの弓使いヨランダだった。

彼女はかつてマルクが助けたことがきっかけで、パーティーを組んでいた美女だ。

彼女も一時はドミスティアを拠点として暮らしていたが、今はあちこちを旅している。

それが時折こうして帰ってきては、マルクたちの家に顔を出すのだった。

「今回は結構長かったね」

リビングのテーブル、彼女の向かいにいたユリアナの隣に腰掛けながら尋ねる。

「うん。一度砂漠を見てみたくてね」

「へぇ、砂漠か」

エルフは森に暮らすのが普通だ。そんな彼女にとって、砂漠はかなり縁遠い場所だと言えるだろう。だからこそ興味を持って見に行ったのか。

マルクもまだ、砂漠は見たことがなかった。

森なら幼いころによく駆け回ったが、一面の砂は目にしたことがない。

「砂漠はきれいだったけど、お昼の太陽は大変だったわ」

思い出すようにヨランダが言った。彼女の肌は白いままで、焼けたようには見えない。

「エルフってあまり太陽に強くないから、対策はしっかりとってたの」

肌を見た彼の疑問に応えるように、ヨランダはほほ笑みを浮かべた。

大人の女性である彼女の笑みは、余裕と安心感がある。

「だけど日差しは強いしとても暑いしで、何回も日焼け止めの薬草を塗り直しちゃった」

「そうなのか。でも、ちゃんと効果はあったみたいだね」

出発前と変わらない白い肌をしたヨランダは、「よかった」と笑みを浮かべた。

「昼間は暑いのに夜は寒くて、それも大変だったの。でもね、遮《さえぎ》るものがないから、空がすっごく広くて星が綺麗だった」

「星か……」

転生者のマルクの感覚から言えば、ドミスティアでも十分に星はたくさん見える。

しかし砂漠となれば、その数はもっと凄いのだろう。

そんな風に旅の土産話を聞きながら、マルクたちは時間を過ごした。

「今度は北のほうへいってみようと思ってね。その前に一度寄ることにしたの」

「北か。それなら、今度は厚着していかないとね」

「そうね。まあでも、暑いよりは体質的に楽かな」

ヨランダは楽しそうにした。

世界を旅する今の彼女は、とても自由だ。それに、様々な発見や冒険もあるだろう。

エルフの弓使い、そして旅慣れた彼女だから心配は特にしておらず、ただ少し羨ましく感じた。

今の生活にこれと言った不満はないが、同じことの繰り返しになりつつあるのも事実だ。

そんなことをぼんやりと、マルクは考えたのだった。

五話　ヨランダとおっぱいで

夜、部屋でマルクが休んでいると、ゆっくりとドアが開いて、ヨランダが入ってくる。

そのことを知っていたマルクは、明かりを消した状態で彼女を待っていた。

旅に出ていて会えないからこそ、会ったときは激しく求めるのだ。

ヨランダがマルクのいるベッドまで来て、しなだれかかる。

銀髪がさらりと揺れ、預けられた身体からは甘い匂いが漂ってくる。

すらりと細い手足に反し、とても大きく柔らかな胸。

その爆乳が体に当たると、オスの本能としてそこへ意識が集中してしまう。

「マルクはやっぱり、大きいおっぱいが好き？」

気づいたヨランダは胸を揺らしながら、マルクに体を押しつけてくる。

「ああ……」

「ひゃんっ。もう、気が早いんだから」

頷きながら、その爆乳を持ち上げるようにして揉む。

声を上げたヨランダはそう言いながらも、寄《よ》り添《そ》わせた身体を任せてくる。

手の中に収まりきらず、柔らかく形を変えるおっぱい。

それをもっと堪能するために、マルクはヨランダの服を緩めていった。

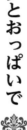

「あんっ」

ぶるんっ、と大きく震えながら、乳房が姿を表す。

すかさず直接触れると、暴力的なボリューム感の胸がとても柔らかくマルクの手を受け止めた。

「んっ、あぁ……」

ヨランダが艶めかしい吐息を漏らす。

マルクは慈しむように、その胸を堪能していった。

彼女の母性あふれる乳房は、ふわふわとマルクの手を受け入れて包み込む。

自分のおっぱいに夢中になっている彼を見たヨランダは、嬉しさと発情をにじませながら言った。

「それじゃ、このおっぱいで気持ちよくしてあげるね」

ヨランダはマルクの足元にかがみ込むと、器用にズボンと下着を剥ぎ取っていく。

反応を始めたばかりの、やや角度がついた肉竿が姿を現した。

「マルクの、久しぶり。ちゅっ」

挨拶をするように軽くキスを落とすと、ヨランダは自らの乳房を両手で支えた。

そして大きく広げると、半勃ちの肉竿をその中へと挟み込む。

まだ完全な状態じゃない肉竿は、ふわふわの柔肉に包み込まれて見えなくなってしまう。

けれど確かな快感が、マルクの肉竿には与えられていた。

「ん、しょっ……私のおっぱいの中で、マルクのがどんどん大きくなってきてる……んっ、あっ、ほらっ」

谷間で膨らんできたペニスを、柔らかな胸がぎゅっぎゅっと押しつぶしてくる。

乳圧が高まるとちょうどいい気持ちよさになり、マルクは小さく声を漏らす。

「いい感じなのかな？　ぎゅーっ」

血がぐっと集まってきて、肉竿がどんどん大きくなる。

「あふっ、熱い……それにほら、大きくなった先っぽが、胸からはみ出してきちゃった」

爆乳の谷間から、にゅっと亀頭が顔を出している。

「こんなに元気で硬くて……れろっ」

彼女の舌が先端を舐め上げる。

予想外の刺激に、肉竿がぴくっと反応した。

「もっと動かすためには、ちゃんと濡らしておかないとね。んぁ……」

彼女の口から唾液が溢れ、亀頭を濡らしていく。

そのまま竿を伝っていく唾液を、乳房が挟み込んで馴染ませるかのように塗り込んできた。

「はっ、しょっ……んしょっ……」

ヨランダはとても豊かなその爆乳で剛直を挟み込み、刺激していく。

ふわふわの胸に包まれたマルクの身体からは、力が抜けていった。

安らぎと興奮。

本来反対にあるだろうそれを、今のマルクは同時に感じていた。

「はぁ、んっ……」

すでに馴染み深い肉竿を愛撫しながら、ヨランダも興奮していく。

その秘部はしっとりと濡れ、早くもよだれを零していた。

ぎゅっ
ぎゅっ
むに
むに

胸元に挟み込んだ剛直から漂うオスの匂い。

それを嗅ぐと頭がぼーっとしてくる。ヨランダのアソコが肉竿を期待して、さらにじんわりと蜜を零した。

「んっ、ふっ、あっ……マルク、どうする？　一回おっぱいで最後までする？　それとも……きゃっ、あんっ」

ヨランダの発情顔から期待する行為を読み取ったマルクが、軽く彼女のそこへと手を伸ばす。

突然の刺激に嬌声を上げた彼女をベッドへと引き寄せる。

そしてもう存分に着崩れた服を、さらに脱がしていった。

用をなさないほど湿った下着を剥ぎ取ると、ヨランダが再び身を起こしてマルクを組み敷く。

「んっ……今日は私が動くね」

仰向けに転がしたマルクの上に、ヨランダが跨る。

下から見上げると、ボリューム感たっぷりの爆乳がより強調されて見える。

動く度に弾む下乳が視界を楽しませてくれた。

そんな彼女が一度腰を浮かし、マルクの剛直を掴むと、それを膣口へと宛がう。

すると、とろとろと垂れてきた蜜がすぐに肉竿を濡らしていった。

「んっ、あ……あぁっ！」

ヨランダの腰がゆっくりと降り、肉竿を飲み込んでいく。

久々の剛直に喜ぶ膣内が、マルクをきつく締めつけた。

それだけでは飽き足らず、ヨランダはすぐに腰を動かし始める。

「ぐっ、あぁ……」

その魅惑的な動きに、マルクが声をだす。

「あぁっ、ん、はぁ……やっぱ、マルクの、すごっ」

ヨランダのほうも艶めかしい声を上げる。

離れていた時間を埋めるように、彼女はねっとりした抽送を繰り返していた。

体内でうねる襞肉が肉竿を絡め取って蠢く。

「あ、はぁっ……！　んっ、内側、ゴリゴリってこすってる……んぁっ！　あっあっ！　ひぅぅっ！　あぁ……！」

ピストンの度に胸を揺らし乱れるヨランダ。

「んはぁぁっ！」

下から突き上げると、その刺激に体を仰け反らせて大きな声を上げる。

マルクはその手を下からしっかりと握り、力を込めて腰を突き上げた。

「ひうっ！　ああっ！　マルク、んはぁぁぁっ！　待って、イって、んはぁっ！　つれるからぁっ、ひぅぅうっ！」

先に絶頂を迎えたヨランダの膣内が、精液を搾り取るかのように蠕動する。

その動きにつられ、マルクも限界を感じていた。

「きてっ！　マルクの子種汁、私のなかにいっぱいいっ！」

ずちゅっ！　ビュクッ、ドピュッビュクッ！

「んはぁぁっ！　あっあっ……んはぁぁぁぁっ！」

ぎゅっと手を強く握り返しながら、中出しを受けたヨランダが再度絶頂した。

そんな彼女の身体を、繋がった肉竿と腕で支えながら、マルクも気持ちよさの余韻に浸る。

「あふっ……濃くて熱い子種が、私の中にいっぱい……きてるね」

うっとりと呟くヨランダが、腰を小さく前後に動かす。

ちゅく、ぐちゅっ……と体液の混ざったものがかき回され、いやらしい音を立てた。

「あぁ……んっ、はふぅ……」

絶頂後の余韻に浸りながら、ヨランダは緩やかな刺激を続ける。

すると、出した直後は落ち着いていたマルクの肉竿も、再び力を取り戻し始めた。

「あんっ、マルクの、また元気になってきてる。んっ、硬くなって、ぐいぐいって私の中を押し広げて、んぁっ」

「まだまだ夜は長いからな。離れていた分、いっぱいしよう」

「きゃっ、あんっ……マルク、んっ……」

ふたりはそのまま、体力が尽きるまで交わっていたのだった。

六話　魔術師シャルロット

夕方と言うにはまだ早い時間。

ほとんどの探索者は戻っていない街中を、マルクは歩いていた。

今日もまた、遺跡の中に群生している薬草を取ってきた帰り道だ。

すでにギルドに薬草は届け、報酬の銀貨を受け取っていた。夕食まではかなり時間があるし、少しだけなにか食べようかな、と思いながら街を歩く。この時間なら、どこもそんなに混雑していない。

薬草採集はマルクの実力を考えれば簡単すぎる仕事だったが、少ない報酬のわりに荷物がかさばることから、受ける探索者がいなかったのだ。

今がちょうど、新年を迎えてから一月ちょっとだということも大きい。探索者はいつでもなれる仕事だが、やはり世の中の動きに影響され、年始めに大きく新人が増える。

そして新しく探索者になった若者たちは、まだこういった地味な依頼に見向きもしない。

地上のモンスター退治や薬草採集など、戦闘能力がある者へ向けた依頼はそれなりに存在する。

しかし、探索者の大半が求めるものはロマン。

依頼を受けて日々の糧を稼ぐというよりも、一攫千金の発掘品を求めて遺跡へと潜る。

遺跡がどういった経緯で作られたものなのかは、今はわかっていない。

それについて研究している物好きもいるようなのだが、まだごく一部なので、大きな組織にはなっていなかった。

しかし探索者にとっては、遺跡の由来なんてどうでもいいことで、宝と冒険があればいいのだ。

そのため新人探索者は最初のうちは依頼など受けず、好き勝手に遺跡に潜っては、何らかの品を持ち帰って売る者が大半だった。

実際、一攫千金とまでは言わずとも、それでなんとか最低限の生計を立てられるのだ。

だがもちろん遺跡に潜ったって、めぼしい発掘品が見つかるとは限らない。

特に初心者でも潜れるようなところは、大方調べ尽くされている。モンスターなら見つかるかもしれないが、弱いモンスターの素材は当然売値も安い。

希少なモンスターなら強さ以上の値段もつくが、もちろん数が希少だから、そう簡単には見つからない。

そんなわけで、数ヶ月もすると多くの新人探索者は食い詰める。

そして薬草採集などの簡単な依頼に手を出すようになり、その後に実力をつけて、もっと難しい遺跡や依頼に再び挑むのだ。いまは調度、そんな新人たちが少ない時期なのだった。

ちなみに《**魔術師**》であるマルクは、新人時代にこういった依頼をこなしてはいなかった。

中堅パーティーの火力として、ひたすら遺跡に潜っていたからだ。

薬草採集はマルクの場合、半隠居になってから始めたことだった。

新しいことは面白い。

薬草の生えるポイントやその特徴、近くに生えている草はどんなもので、何に使えるのか。

そういうことを調べてみるのも楽しかった。

（とはいえこれは、生活が落ち着いたから楽しめたことかもな）

マルクだって、最初はやっぱりロマンを求めていた。そこでいきなり薬草採集といわれても、あまり乗り気になれなかっただろう。

新人当時のマルクは奴隷なので、乗り気じゃなくても命じられればするしかなかったのだが、幸い持ち主は、そこまでもったいない魔術師の使い方をしなかった。

（もう少ししたら、この仕事もまた一年くらいお休みかな）

新人探索者が軽い依頼を受けるようになれば、マルクが薬草を集めることもなくなる。

「ま、そのくらいでちょうどいいか」

ひとり呟きながら歩いていると、道の端っこに少女がうずくまっていた。

声を出さずに驚いて、一体どうしたのだろう、と思って軽く観察する。

大通りだしこの辺りは治安が悪いわけでもない。しかし、善意につけこむような犯罪がないとも言い切れない。

穏当なところで言えば、声をかけた途端財布を盗って逃げ出すとか。まあ凶暴なところでも、怖いお兄さんがきて金を巻き上げられるとかそんなところだろう。流石に相手を傷つけることが目的なんて事件が、街中で起こるほどには荒んでいない。

軽く周囲の状況を見たあとで再度観察すると、少女は実際に元気がなさそうだった。緊急を要する感じでもないが、仮病ということもなさそうである。

（まあ、最悪この子の背後から誰か出てきても平気か）

マルクは《**魔術師**》だ。魔術を使えばもちろんのこと、《**職業**》持ち特有の身体能力強化で、単純な力でも並の探索者よりは強い。

そう結論づけると、少女に近寄って声をかける。

「大丈夫か？」

「え……」

マルクが声を掛けると、少女がゆっくりと顔を上げた。

薄桃の髪はもみあげ部分だけが長く、頭を上げるとさらりと揺れた。

大きな目、整った顔立ちだが、やや幼さを感じさせる。実際にまだ若いのだろう。印象としても、女性というより少女だ。

しかし、一部分だけそれを裏切っている箇所があった。

うずくまっていた彼女の胸が、彼女自身の膝でむぎゅっと潰されている。

それはとても大きく、存在を主張していた。むにゅむにゅっと形を変えてかなり際どい感じになっているその上乳へマルクは本能的に視線を奪われ、すぐに少女の顔へと戻す。

「具合が悪いのか？　立てないようなら、誰か呼んでこようか？」

「いえ、大丈夫です。ただちょっと、その……」

彼女が言いかけると、きゅーっと小さな音がした。彼女のお腹から。

「あぅ……」

少女の顔に赤みがさす。恥ずかしさに頬を染められるくらいには元気みたいで、マルクは少し安心した。

それに、どうやら病気とかではないらしい。

「せっかくだし、一緒に食事でもどう？　もちろんおごるよ」

「いいんですか!?」

ぱっと顔を輝かせる彼女を見て、警戒心なさすぎるけど大丈夫なのかな、とちょっと心配になるマルクだった。


「ありがとうございますっ！　いただきますっ」

レストランで料理を前にした彼女は改めてお礼を言うと、早速料理に手をつけ始めた。

シャルロットと名乗った彼女は、料理を前に顔を輝かせていた。

ドミスティアではあまり見ない異国風の麺が、彼女の口にずるずると吸い込まれていく。

その様子を見ながら、マルクも麺料理に手をつけた。自分は軽くのつもりだったが、彼女にがっつり食べさせるとなれば、自分も普通に食べたほうがいいだろう、と判断してのことだ。

(街中で行き倒れなんて、あるんだな……)

一応、座り込んでいただけで倒れてはいなかったが、それでも珍しい。

しかし今、目の前で勢いよく食事をしている彼女の腰に小さな杖があるのを見て、マルクは納得した。

彼女は《**職業**》持ちだ。それもおそらく《**魔術師**》である。

それなら、行き倒れるほど困っていても、変なのに捕まることはないだろう。たとえ襲われても数人までなら身体能力だけで、もっと多くても魔術でなんとかなってしまう。

(だとすると、そこまで食い詰めていたことが不思議だけど)

レア職業である《魔術師》は、基本的に仕事に困らない。探索者をするにしたって、いろんなパーティーから声がかかるはずだ。

若く見えるから新人なのかもしれないが、《魔術師》なら中堅以上のパーティーからでも普通は欲しがられる。

そんな疑問を抱きながら、ひとまずは彼女のお腹が落ち着くのを待つ。

ぺろりと麺料理を平らげた彼女は、一緒に頼んでおいた肉まん風の料理に手を伸ばしていた。

(いい食べっぷりだな)

そんな風に思いながら、マルクは彼女を眺めていた。

ちなみに今は二杯目の麺料理を完食し、さらに餃子、エビチリ、春巻、チャーハン……に似た品もすべて、胃の中に収まった後だった。

普通にすごいな、とマルクは思った。

途中から面白くなって、珍しそうな名前の料理をどんどん注文させたのはマルクだ。

しかしその身体のどこにそんなに入って、栄養がどこへ行くのか……おそらく胸だろうが。

(身体全体の小ささを裏切るその爆乳に、彼女の栄養は持っていかれてるんだろう、多分)

「それで、一体どうしてあんなところでうずくまっていたの?」

落ち着いただろうところで話しかけると、シャルロットは口の中の物を飲み込んで、話し始める。

「はい……わたしは《魔術師》なのですが……実は制約の関係で、魔法が使えないんです」

「……なるほど」

制約は人それぞれだ。条件によっては気軽に魔術が使えない、ということもある。かくいうマルクも少々厄介な制約――魔術を使ってから二十四時間以内に広義の性行為を行うこと――を課せられているので、環境や性格次第ではまともに魔術を使えなかっただろう。

彼の場合は幼馴染でパートナーのユリアナが隣にいたので、さほど困ることはなかったのだが。

そして《**魔術師**》だと思ってパーティーに入れたのに魔術が使えないとなると、期待していただけがっかりされる、というのも想像に難くない。

「それで、あの……」

シャルロットは遠慮がちにマルクを見つめる。

「お兄さんも《**魔術師**》、ですよね？」

探索帰りだったこともあり、マルクはローブに杖という姿だ。マルクの杖はシャルロットと違い大きなものなので、隠しようもない。

「ああ、まあ、一応ね」

「あ、あのっ、魔法を見せてくださいっ！　わたしを、弟子にしてほしいんですっ！」

シャルロットは真剣な目で、マルクにそう言った。

七話　孤児院とアデル

「それで、どうしたの？」

ドミスティアと違い、のどかで開けた道をマルクとリュドミラはふたりで歩いていた。

リュドミラの家である孤児院へと向かう道すがら、先日出会ったシャルロットのことを話していると、彼女がそう尋ねてきたのだった。

「弟子にしたよ。なんかほっとけなかったしね」

その理由の一つが、シャルロットの制約だ。

シャルロットの制約は「自分が目にした魔術しか使えない」というものだった。

《魔術師》のレア度を考えると魔術を目にすること自体なかなか難しい反面、一度覚えてしまえば、この制約なら独り立ちさせることは容易ではある。

探索者ということもあって、彼女はマルクのことを知っていた。同じ**《魔術師》**だからこそ、成功したマルクに憧れていたのだろう。

そんな彼女にキラキラとして瞳で見つめられると、断りにくいものがあった。

家を手に入れたマルクは半ば隠居状態で暇な毎日だ。薬草採集もそろそろ手をだす探索者が出てくる、というタイミングだったのもある。

シャルロットは悪い子には思えなかったし、断る理由が見つからなかった。

「ふうん、お人好しね」

リュドミラの言葉は呆れているようだったが、その声色は優しいものだった。

《銃使い》というレアな**《職業》**持ちで、かつては高給な職にも就いていたのに、今は孤児院にお金を入れつつ一緒に暮らしているリュドミラも大概だろう。

「私は実家離れができてないだけよ」

クールにそう言った彼女は、心なしか歩く速度を上げた。

もう村が見えており、なだらかに山へと続いて傾斜を上げていく道の先に、リュドミラの住む孤児院も見えている。

マルクは彼女に合わせて、歩みを速めていくのだった。


「ただいま」

「おかえり、リュドミラお姉ちゃん！」

「おかえりなさい」

「おかえりー。あ、マルクだ！」

リュドミラと孤児院に入ると、マルクも一緒に子どもたちに囲まれてしまう。

そんな歓迎にもすっかり慣れ、マルクは荷物を片手側に集めると、空いた手で子どもたちをなでている。

「きょうはいっぱい人がくるね」

「さっき、騎士団の人がきたし」

子供たちの声で目を外に向けると、騎士団員が孤児院へと物資を運び込んでいた。

騎士団のマークを入れた馬車から、食べ物や服が運び込まれている。

マルクとともにドミスティアを救ったリュドミラの出身ということで、この孤児院への支援は以前より厚くなっていた。

背の高い女騎士がリーダーで、運び込みの指示をしているようだ。

セミロングの赤髪が外へ跳ねている彼女は、意志の強そうな目をしていた。

テキパキと指示を出している姿は厳格そうで、まさに女騎士という感じだ。

槍を背負って立つ姿から、かなりの手練だろうとも推察できる。

その指示のもと、准騎士たちが荷物を馬車から孤児院の中へと移していく。

彼女のもとには院長が付き添っており、老婆はにこやかな表情で女騎士に話しかけていた。

「はじめての騎士さんね」

「ああ、第四部隊のアデルだ。よろしく」

口調こそ丁寧ではなかったが、アデルは騎士らしい横柄さもなく、院長に握手を求めた。

その手を握って院長が微笑む。刻まれた深いシワは、彼女の経験と優しさを表しているかのようだ。

料理以外は素晴らしい人、というのは彼女に育てられたリュドミラの談だ。

院長の料理について、マルクは知らない。共に食事をしたこともあるが、孤児院の食事は主に子どもたちがみんなで用意しているからだ。マルクがいるときには、リュドミラも探索には出ていないから、彼女が味付けの中心となることが多かった。

そんなふうに院長とアデルを見ていたマルクは、子どもたちに引っ張られて孤児院の中へと連れ戻される。

(あれが……アデルなのか)

《闘気使い》。バーサーカーだとまで聞いていたが、彼女はとても理性的に見えた。

准騎士にありがちな、他者を見下す風もない。

(**《闘気使い》**は、能力そのものが制約なのか？)

レア**《職業》**は、詳細があまり出回らない。**《剣士》**や**《魔術師》**のようなそれなりにメジャーな**《職業》**なら大まかな内容は知られているが、それでもちゃんと伝わっていない部分は多い。

例えば、**《剣士》**は剣を、**《銃使い》**は銃を装備しているときだけ身体能力が上がる。だが、**《魔術師》**は装備がなくても基礎的な身体能力が上がっている。**《魔術師》**はいつも杖を装備しているが、それはブースター的な意味や見栄えの問題であって、能力向上の本質じゃない。

魔術は自分の内側にあるものだ。だから**《剣士》**と同じ考え方をするのなら、生きているだけで魔術を装備していることになる。

しかし一般的に**《魔術師》**は、「唯一魔術を使うことができる」だけだと認識されており、身体能力に言及されていることは少ないし、杖を必須だと思っている者も多い。他の職業が道具を必要とするからなおさらだ。

それでいうと闘気は魔術に近そうだな、とマルクは考える。しかし、どこがどう違うかわからないから油断は禁物だ。

(今のところ、戦う予定はないけどな)

カインはあれからもそれとなく誘いをかけてくるが、それに乗る気はなかった。むしろ今見たところ、院長と友好的に接しているアデルのほうが好感を持てるくらいだ。

そう大した量でもないため、運び込みはすぐに終わり、准騎士たちは馬車に乗って去っていった。

ひとり、女騎士アデルだけがリストと実際の物資のチェックのため、まだ孤児院に残るようだ。

年長の子たちも、騎士団の運び込んだ資材をチェックしている。

リュドミラはそれを手伝いに院長のほうへ向かって行ったが、マルクは小さい子たちにまとわりつかれながら、その様子を見ていた。

他にも、小さい子たちはあちこちで遊んでいる。

その様子を、なぜかアデルも眺めていた。

その目は優しく、どこか懐かしむようでもあった。

本来平民である准騎士の出自は様々だ。田舎村の出身であるマルクだって、勲章がなくとも試験にさえ受かれば騎士団に入ることはできる。

アデルは少なくとも、貧しい子供たちに嫌悪は抱いていないようだった。

しばらくするとリュドミラがアデルのもとへ駆け寄り、何かを話しているのが見えた。

頷きながら話を聞いているアデルが驚いた顔をする。何かあったのだろうか？

そう思って様子を伺おうとしたマルクだが、「マルク、だっこー」と足にひっついてきた少女がいたので、ふたりのところに行くのはやめ、彼女を抱きかかえることにしたのだった。

マルクは夕食に招待され、席についていた。

リュドミラと共に探索を行ったあとで、孤児院に顔をだすときの定番の流れだ。

何度も出入りするうち、ここの子たちにもすっかり懐かれている。

マルクが奴隷出身で成り上がったこともあるかもしれない。どんなところからでも成功できる、という希望そのものだからだ。

意外だったのは、今日はアデルもテーブルに着いていたことだ。

彼女は今日、初めてこの孤児院に来たらしい。

これまでは第五部隊が担当していたのだが、交代になったようだった。

「まあ、あたしたちはここ最近前線に出てたから、しばらくは休ませてくれるっていうことだろうね」

アデルはスープに浸したパンを食べながらそう言った。

「しかし英雄のマルクに会えるとはね。あのときは助かったよ」

「助かった？」

覚えがないマルクは首をかしげる。

「変異種事件のときだよ。あのときは、あたしはちょうど踏み越えてきた隣国とあたってってね。苦戦してたのさ。マルクたちが内側を抑えてくれたおかげで、向こうも諦めてくれた」

「ああ、なるほど」

あのときは街の中も混乱していたが、やはり一番の難所だったのは、それに乗じて攻めてきた隣国の相手だろう。

都市国家としてのドミスティアはかなり大きく、周辺諸国の経済的にも重要な拠点だ。しかし、あくまで一都市から派生したもの。軍事力としてはそうでもない。当然、騎士団を始めとする正規軍の規模も他国より小さいのだ。

戦力にまさる敵国と、正面からぶつかりあっても負けしかない。

「誘っておいてなんだけど、アデルはどうして夕食の誘いを受けてくれたの？」

リュドミラは首をかしげる。院長に言われてアデルを誘ったのはリュドミラだったが、騎士団の人間が受けるとは思っていなかったのだ。

「ん？　ああ、あたしは元々孤児院の出身だしね。だからちょっと、懐かしくなって」

そう言って、アデルは子どもたちの騒がしいテーブルのほうへ目を向ける。

彼女の言葉通り、その目は懐かしそうに、そして、取り戻せないものを見るように細められていたのだった。

八話　魔法使いの弟子

シャルロットは見たことのある魔術しか使えない。

それは制約として、彼女が物心ついたときから自然と知っていたことだ。

彼女が生まれたのは、田舎の村だった。これといって特徴のない、よくある農村である。

シャルロットの生まれた村は飢えることこそなかったが、あまり物が入ってくる場所でもなかった。

娯楽に乏しく、畑を耕したり狩りに出たりして日々を過ごす場所だったわけだ。

《職業》持ち自体がシャルロットしかおらず、当然魔法を覚えられるような環境にはない。

彼女は頑丈な女の子として育った。

《職業》持ちは一定の年齢になると、探索者になるか貴族や商人に仕えるかで、何かを求めて都会に出るのが一般的だった。彼女は《魔術師》なので当然、大人になれば村を出て暮らす。それは村のみんなも納得していたし、すごいね、頑張ってね、と言われていた。

そして村を出た彼女は、探索者になるべくドミスティアの街へと向かった。

しかし、《魔術師》として興味を持ってくれた人はみんな、彼女が魔術を使えないとわかると掌を返して去っていってしまう。

なんとか魔術を覚えようと《魔術師》を探すも、レア《職業》のためなかなか見つからず、いたとしても立場が違いすぎて取り合ってもらえない。

見た目が幼い少女であるシャルロットは、戦力としては数えてもらえなかった。

彼女自身も、魔術こそが自分の優位性だと思っているので、それが使えないままひとりで遺跡に潜るほどの無茶はできない。

粘ってみたがパーティーは組めず、他の仕事を探そう、と思っていたときにマルクと出会った。

《**魔術師**》が偶然助けてくれた、というだけでもすごいのに、その相手がマルク。

田舎者の自分ですら、名前を知っていた相手だ。彼の名が広まったのが最近だからだということもあったが、同じ《**魔術師**》のシャルロットにとって、マルクは憧れの存在だった。

自分も魔術師として、彼のようになりたい。そんな存在に助けられて、弟子にしてもらえた。

まるで夢のようだ。

夢の……。

「はっ！」

シャルロットはがばっと身を起こした。周囲を見まわす。天井はない。青空だ。

（そうだ、お金……）

もうお金が尽きて、食べるものもなくて……。

なんだか幸せな夢を見ていた気がする。英雄マルクに助けてもらって、弟子にしてもらって、家に呼んでもらえて、訓練までしてもらえる。そんな幸せな夢だ。

だけど現実は、庭で倒れて――庭？

「目が覚めたか？」

「わひゅっ！」

いきなり至近距離にマルクの顔が出てきて、シャルロットは頓狂な悲鳴を上げた。

先程まで夢に見ていた、というのも大きい。

寝ている自分を覗きこまれるなんてなんだか恥ずかしい、と考えたところで、シャルロットは自分の状況を思い出した。

「夢じゃない……」

助けられたのも、弟子にしてもらったのも。

シャルロットはマルクから訓練を受けることになり、実際に魔術を見せてもらったのだ。

制約のおかげで使えなかった魔術を、ついに自分も！

そう思って張り切って、そして──。

「いきなり全力で撃ったから、身体が驚いたんだろう」

「そうでしたか……」

これまで魔術を使ったことがなかったシャルロットは、ついに魔術が使えるということに興奮して、必要以上に気合いを入れてしまった。

これが子供の頃だったなら、たとえいきなり魔術を全力を使ってもこうはならなかっただろう。

しかし制約で魔術を使えなくても、彼女の体は《**魔術師**》として成長していた。

そのためすでに、一度に扱える魔力の量が大きい。それなのに、これまでその機能を使っていなかったため限界がわからず、体に負荷がかかってしまったのだ。

これは幼い頃から魔術とともにあったマルクには、わからないことだった。

《**職業**》には制約がある。それもあって、みんな手の内を明かしたがらない。だから《**職業**》に関する資料は極端に少ないのだ。

「今度は、全力で魔術を撃たないようにしよう。そうだな、なるべく魔力の消費を抑える方向で考えてみるか……」

だからマルクであっても、シャルロットへの授業はいろいろと手探りでやっていくしかない。

考え込むマルクを見て、シャルロットは期待に目を輝かせるのだった。

†

シャルロットがいきなり倒れたときは心配したが、その呼吸が穏やかだったので一安心し、彼女を起こした。一度魔術を使っただけで気絶するというのは、マルクにはない経験だった。

流石に使いすぎると疲労感を覚えたり、不発になることはある。不発のほうは実戦だと命取りになるので、あらかじめどのあたりが限界か自分では見極めていた。

《職業》については手探りな部分が多い。あまり焦らず、少しずつ見極めていくほうがいいだろう。

最初は彼女の制約が枷になりにくいよう、どんどん魔術を見せて使わせてみるつもりだったが、もう少し気長に見たほうがいいかもしれない。

(あとは魔力の消費を抑える方法を教えるのが良さそうか)

「今度は、全力で魔術を撃たないようにしよう。そうだな、なるべく魔力の消費を抑える方向で考えてみるか……」

それでも彼女の制約を考えると、まずは魔術をたくさん覚えさせておきたいところだった。

魔術は回数を使えることも大切だが、それ以上にモンスターへの相性の問題も大きい。獣型のモンスターには火が有効なものが多いが、耐火性の体毛を持っていて効きにくい相手もいる。そんな敵にファイアアローを撃ち込んだところで効きはしない。

そういった状態に対処していくには、ある程度の使い分けが必要だ。この点は危険度を考えても譲れないので、当初想定していたよりも授業の期間を伸ばすことになるだろう。

ただ教えるだけではなく、探索者として育てなければ意味がないのだから。

「よし、じゃあ魔力の回復待ちがてら、座学でもしようか」

「はい、師匠！」

弟子にしたということもあって、彼女はマルクを「師匠」と呼ぶようになっていた。

すこしこそばゆい気もするが、悪くない。

「シャルはまだ大きな魔力を使うと身体がびっくりするみたいだ。そこでしばらくはなるべく魔力を抑えつつ、威力を落とさないような訓練をしたいと思う。実際、魔力の量に結果が左右されるのかどうかわからないから、確実じゃないけど――」

自分の身体じゃないということもあって、断言はできない。

気絶の原因が本当に魔力の負荷がかかっているからなのか、別のなにかなのか。自分のことならこれまでの経験と感じ方から判断できるが、それはあくまで身体の感覚によるものだ。

シャルロットは、これまで魔術を使った経験がないのだから、魔力の流れが本来どのようなものなのかわかっていない。正しいのか、無理な発動なのか、見当のつけようもないだろう。

「よろしくお願いしますっ！」

しかし、それでもシャルロットは、マルクの提案に素直にそう言った。目には、探索者として、《**魔術師**》として成長したいという前向きな希望が浮かんでいた。

その瞳に若い眩しさを感じつつ、マルクはうなずく。

(俺も昔は探索者に憧れて、遺跡に心を躍らせてたな)

そう思いながらも、仮に考え出した魔力消費を抑える形での術を授けていく。

「魔術に大事なのはイメージなんだ。魔力を使って、世界に働きかける。そのとき、ぼんやりとどうしたいかを考えるより、なにをどう処理してどうしたいかが明確なほうが、負担は少なくなる」

聞き入るシャルの様子を見ながら、マルクは説明を続ける。

「例えば火の魔術。対象を燃やす、というよりも、空気中の酸素を意識したほうがいい。空気にはね――」

そうして説明していくのは、中学生レベルの理科だ。

もっと高度な知識があれば結果も伸びるかもしれないが、さほど真面目に勉強していなかったマルクの知識では、せいぜいそのくらいだった。

しかしそれでも、効果は十分だ。

酸素の存在を意識できるだけで、魔術で物を燃やす効率は劇的に上がる。

似たような考え方を、雷や水、氷でも行っていけば、それぞれ魔力の消費を抑えつつ威力を増すことができるだろう。実際、この知識こそがマルクが優秀な《**魔術師**》である理由だった。

とはいえ一日にたくさんの現代知識を詰め込んでも、実感のない彼女には定着しないだろう。

魔術を使いこなせるように、時間をかけてじっくりと、シャルロットを鍛えていくのだった。

九話　リュドミラとの夜

シャルロットの訓練を行っているといっても、それだけで毎日過ごしているわけではない。

定期的に、リュドミラを手伝って探索を行うことにもしていた。

マルクとリュドミラが一緒に探索を行う場合、孤児院にそのまま泊まる場合と、場所によってはマルクの家へ来る場合がある。

孤児院では子どもたちと遊び、そのまま休むことになる。

近くに子どもたちもいるし、エッチなことは行わない。

対してマルクの家に来るときは、気を使うこと必要もなかった。

そして、今日はマルクの家にリュドミラが来ていた。

「ね、マルク……」

ふたりきりになった途端、リュドミラがしなだれかかってきて、彼女の体温と身体の柔らかさを感じる。

「ちゅっ……んっ」

リュドミラはそのままマルクを見つめ、キスをせがんだ。

マルクはまず、唇が触れ合うだけの軽いキスをする。

唇同士が離れると、彼女はもっと、とせがむようにマルクを見つめた。

「最近、マルクは他の子にかまってばかり」

「そうでもないと思うけど……」

マルクは首をかしげるが、すぐに思い直す。

「リュドミラがそう感じてるなら、今日はその分いっぱい愛することにしよう」

「んっ……れろっ、ちゅっ。もう、そんなんでごまかされな、んっ」

さらに深く口づけをすると、リュドミラは観念したかのように……いや、そんなマルクよりも積極的に求めてきた。

次は互いに舌を搦め、唾液を交換し合う。

ふたりの口の間を、唾液が伝った。

「マルク、んっ、ちゅっ……」

先に我慢できなくなったリュドミラが、マルクをベッドへと押し倒す。

マルクのほうもそれに逆らわずに彼女を受け入れた。

仰向けになったマルクの上で、リュドミラは身体を逆向きにする。

そうしながら自分の顔を、マルクの股間へと持っていった。

ズボンの上から、まずは掌でそっとなでてくる。

マルクからは、四つん這いになっているリュドミラのスカートの中がまる見えだ。

興奮のためか、すでに僅かながら下着が水気を帯びている。

愛液で変色した部分を、マルクは軽くなで上げた。

「んっ……」

リュドミラが小さく、色っぽい声を上げる。

普段はクールな彼女だが、エッチのときはとても積極的だ。

リュドミラはマルクのズボンに手をかけ、スルスルと脱がせていく。

本人曰く、ズボンを脱がすのは得意、らしい。

しかしそれは決して性的な経験が豊富だというわけではなく、単に子どもたちの面倒をみることが多いからだ。

手早くマルクを脱がせると、膨らみはじめのそこが露になる。

「あむっ……」

「ぐっ……」

いきなり躊躇なく咥えられ、突然の刺激にマルクが声を漏らした。

マルクの肉竿を、温かく湿ったリュドミラの口が包み込む。

舌先で舐め回され、すぐに唾液まみれにされたそこは、彼女の口内で体積を増していった。

「んぐっ、マルクのこれ、大きくなってきてる……じゅるっ、れろっ」

唾液を搦《から》められ、舌先でなぞり上げられる。

その度に甘い刺激が走り、マルクの肉竿はもう完全な硬さになっていた。

「れろっ、ちゅっ、じゅるっ……あむっ、ふぅ、んっ」

リュドミラは一心不乱に肉竿を舐め、愛撫していく。

その行為で自分も感じているのか、下着のシミがどんどん広がっていった。

お返しに、マルクも彼女の下着に手をかけて引き抜くと、丸見えになった陰裂に口を寄せた。

むわっと彼女のフェロモンが香り、男の欲動をくすぐる。

溢れる蜜をすすり、舌を這わせると、リュドミラの身体が敏感に反応する。

「じゅぷっ、あぁ……ん、はむっ」

快感のためか、時折肉竿から口を離しては、艶めかしい声を上げた。

そんな彼女の反応が可愛らしくて、マルクはさらにその秘裂を責め続ける。

「じゅるっ、んはぁっ……あぁ……れろっ、んっ！」

肉竿を離したタイミングを見計らってから、リュドミラの秘芯を責めてみた。

「んうっ！　あぁっ、マルクっ……んっ」

とても素直な反応とともに、じゅっと愛液が溢れ出してきた。

軽く膣内に舌先を入れつつ、クリトリスへの愛撫も織り交ぜていく。

「ひうっ、あっ、マルクまって……んっ、こっちが、ひゃうっ！　あっ、はぁ、んっ……あぁっ、ひぅぅっ！」

肉竿への愛撫を止め、リュドミラが喘いでいる。

マルクはさらに顔を寄せ、彼女のアソコを責め続けた。

「んはぁっ！　あっ、はぁ、んっ！　イクッ！　あっあっ！　もうっ、イク、イクイク、イックウウウウウッ！！」

ビクビクン！　と身体を震わせてリュドミラが絶頂した。

ぷしゅっと吹き出した潮がマルクの顔にかかる。

力の抜けかかったリュドミラのアソコは、ヒクヒクと卑猥にマルクを誘っているようだった。

マルクは体の下から抜け出すと、崩れかけた四つん這いのリュドミラを支える。

そして腰をもう一度しっかり上げさせ、とろとろになったそこに自らの肉竿を宛がった。

「んうっ、マルク、きて」

その感触で気を取り戻したリュドミラが、腰を軽く動かす。

先端を秘裂に擦りつけられ、マルクの欲望が滾った。

ぐっと力を込めて、一気に肉竿を突き入れる。

「んはぁっ！　マルクの、奥まできてるっ……！」

肉竿が蠢く蜜壺に包み込まれていく。

ペニスを受け止めた膣内は蠕動し、快楽を貪ろうとしていた。

その淫らな誘導に従って、マルクは腰を突き出した。

「んうっ、あぁっ……硬いのが、奥までっ」

バックの姿勢で貫いているから、メイド服のスカートもすっかりめくれ、リュドミラの背中や腰のラインがはっきりと見える。細くくびれた腰から、緩やかに広がっていく女らしいライン。

長髪のリュドミラだが、腰を振ることでその髪が乱れ、時折うなじが顔をのぞかせる。

肌に汗で張りつく髪が、とても淫猥だ。

下へと視線を向ければ、今度は丸みを帯びた彼女のお尻が見える。

「ひうっ、あっ、んっ……マルク、なんか中で大きくなってて……」

リュドミラの美しい肢体を存分に観察しながら、マルクは腰の速度を上げた。

膣襞をかき分け、その中を蹂躙する。

「んはぁっ、あっ、んうっっ、せ、背中撫でるの、くすぐったい、んぁっ！」

片手は腰を固定しつつ、もう片方の手でその背中を愛撫していると、リュドミラが声を上げる。

なめらかな肌の感触。そして、くすぐったさを訴える度にきゅっと締まる膣内。

「背中が感じやすいのか？　じゃあ背中だけで感じられるよう、もうちょっと触ってみるか」

マルクは指先で、背骨の辺りを刺激していく。

「んうっ、もうっ、あぁっ……やめ、んんっ！」

するとリュドミラが甘い声を上げて、背中を仰け反らせる。

その反応がまた可愛らしくて、マルクは腰を止めないまま背中のほうも触り続けた。

膣内はその度にきゅうきゅうと締り、肉竿に快楽を与えてくる。

「あうっ、またっ、ん、イクッ……！」

彼女が嬌声を上げる度に、その肉ヒダが貪欲に絡みついてマルクに射精を促してきた。

マルクのほうも限界が近くなり、さらなる快感を求めてラストスパートを掛けていく。

じゅぶっ、ぐちゅっ！

パンパンパンパンパンパン！

いやらしい水音と肉を打ちつけ合う音が響き、ふたりの興奮を高めていく。

「んあぁ、イクッ、もう、あっあっ！　んはぁぁぁぁぁあっ！」

ドピュッ、ビュクビュルルルッ！

リュドミラが絶頂するのに合わせ、マルクもその膣内に射精した。

「んっ、いっぱい出てる……」

んぁああっ
ズッ ズ

荒い息を吐きながら、リュドミラが声を漏らす。

彼女はゆっくりと身体を崩し、それに合わせてマルクも肉棒を抜いた。

「あふっ、やっぱり久しぶりだと、気持ちよすぎてすぐ体力がなくなっちゃう」

そう言いながら、リュドミラは横になる。しかし、マルクを見上げる瞳はまだまだ妖しく、これだけで終わらないのを物語っていた。

久しぶり、と彼女は言うが、まだ一ヶ月は経っていない。

「ずいぶん欲張りなメイドさんだな」

彼女のなめらかな肌を撫でながら、マルクはそう呟いたのだった。

十話　シャルロットの卒業

（なかなか、いい感じだな）

家の裏にある庭ではもう、魔術師として成長していくシャルロットに対処しきれない。だから最近は街の外で指導をしていたが、張り切るシャルロットを見てマルクはそう思った。

最初に気絶したときはどうしたものかと思い、慎重に進めざるを得なかったが、その慎重さが実を結んだのだろうか。

今のシャルロットは、一通りの魔術を問題なく行使することができるようになっていた。

座学も効果はあったようで、より効率的に魔術を扱えている。

シャルロットの成長速度は、他の《魔術師》から見てもきっと驚くものだろう。

マルク自身だって、自分が《魔術師》としてどの程度の位置にいるのかは判断できていない。

彼にとってはシャルロットが、初めてじっくり付き合った自分以外の《魔術師》だからだ。

対して《剣士》のほうは、ユリアナ以外にも、何人か会ったことがある。といってもそれも、見かけた程度といったほうがいいかもしれない。《剣士》は探索者だったり、どこかに取り立てられているなりで、戦闘を日常にする生き方が普通だ。

だから探索者をしていれば、わりとすれ違うことはある。

だが何かの必要があって組まない限りは、職業持ち同士の数が少ないので、接点などほとんどないのだ。

奴隷のころは主人のパーティーを固定されていたし、その後もずっと変異種に対する調査でギルド主導で動いていたマルクは、他の探索者たちとの接点が思いのほか少なかった。

だがわからないなりにでも、今はシャルロットの成長度合いを査定しなければいけない。

彼女はもう魔術をしっかりと扱うことができて、仲間から《**魔術師**》として期待されるだけの活躍ができるくらいには成長していた。経験を元にした判断力などはマルクと比べれば劣るが、今の時点でマルクに並ぶ必要なんて、そもそもないのだ。

今の彼女なら、普通に探索者のパーティーに入ることができる――いや、それどころかきっと、引く手数多だろう。

《**魔術師**》の火力は貴重だ。

打撃の通りにくい敵を、難なく打ち取ることができるケースも多い。大量の敵を一度に殲滅することもできるし、巨大な敵の弱点に、離れたまま攻撃を届かせることもできる。

パーティーに入れておいて損はない。

《**魔術師**》を迎え入れるだけの利益が出せるか、配分をどうするのか、という部分以外に欠点はないのだ。もちろん、それはあくまで戦力としてだけの話だが。

戦士や弓兵の代わりはできても、シーフの代わりは難しい。だからチーム構成はかたよりすぎてはいけない。貧しても、決してひとりでは遺跡に潜らなかったシャルロットの判断は正しい。

その結果が半行き倒れだったのはともかく、無茶をしないという点から見ても、シャルロットには探索者としてやっていけるだけの資質がある。

それは、鍛える間ずっと、そばで見ていても変わらない性質だった。

「ファイアーアロー！」

シャルロットの杖から魔法が飛ぶ。

炎の矢はまっすぐに飛び、的に当たり焼いていく。威力も精度も申し分ない。

今の彼女が持っているのは、マルクと同じような大きめの杖だ。

魔術自体はどんな杖でも発動させることはできる。杖がなくても力を使うことは可能だ。

しかしそれなりに大きな杖は、身を守ったり攻撃したりするのにも役立つ。

「いい感じだな、シャル」

「ありがとうございます、師匠！」

彼女は真っ直ぐな瞳で、嬉しそうに言った。

曇りのない目はやや探索者にしては素直すぎる気がするものの、危険というほどではない。

そこでマルクは、シャルロットに告げる。

「シャル、君はもう魔術をちゃんと使いこなせているし、どのくらいで使いすぎになるかもわかるようになっただろう」

真面目な調子のマルクを見て、シャルロットは真剣な顔で話を聞いていた。

「今のシャルなら、探索者としてちゃんとやっていける。パーティーもすぐに集まるだろう。素直すぎるから組む相手はちゃんと考えたほうがいいけど、実力的には問題ないよ。もう、卒業だ」

「師匠……」

シャルは目を輝かせる。探索者への憧れが篭もった眩しい瞳だ。

かつてはマルクも、彼女のように探索者に純粋に憧れていた。

シャルロットよりもまだ幼いころ、田舎の子供だったころの話だ。

彼女を見ていると、ユリアナと一緒に山を駆けていたときのことを思い出す。

「ありがとうございます！　師匠のおかげでわたし、一人前の《**魔術師**》になれました」

彼女は両手でマルクの手を握り、ぎゅっと力を込めた。

「ああ。今のシャルならちゃんとやれるよ」

探索者は大変なことももちろん多いが、わかった上で望み、憧れている道だ。

自分もそうだったな、と思いながら、マルクは彼女を送り出すことにした。

「まあそうは言っても、入れてもらうパーティーを選ぶのは暫くかかると思うし、探索者を始めてからも部屋はそのまま使っていい」

「はいっ、ありがとうございます」

マルクの家は豪邸というわけではないが、ユリアナとふたりで暮らすには広すぎるくらいだ。

ここ最近はずっとシャルロットを見ていたこともあって、卒業させることに少しの寂しさもある。

「ファイアーボム！」

一人前、と認められて喜んだシャルロットは、さらに鍛錬すべくまた的へと魔法を撃っていた。

その様子を眺めるマルクに、街から戻ったユリアナが近づいてくる。

「シャルロット、大丈夫そう？」

「ああ。問題ない」

ユリアナには先に、シャルロットを卒業させる話をしてあった。

最終的な判断は今日の動きを見て、ということだったが、予想通り何の問題もなく、シャルロットはもう一人前だ。

いや、実際にはマルクが鍛えていたため、すでにかなりの実戦力をつけているだろう。

「シャルロット、楽しそうだね」

「ああ」

ユリアナの言葉に、マルクはうなずいた。眩しいものを見るように、その目は細められている。

「わたしたちも、昔は探索者になるっ、て張り切ってたよね」

「ああ、そうだな」

子供のころ、田舎だった村で近くの山を駆けながら、ふたりで何度もそんな話をした。

大人でさえも、《**職業**》持ちのマルクやユリアナの遊びにはついてこれなくて、「大きくなったら一緒に探索者になる。そして遺跡で冒険するんだ」と夢を膨らませていた。

「懐かしいね」

ユリアナはシャルロットを見ながら目を細め、そして隣のマルクへと視線を移した。

「うん」

シャルロット見ていると、昔のことを思い出す。

マルクは、また探索者をやるのもいいかもな、という風にすら思っていた。

探索に対する、忘れていたワクワク感を思い出していたのだ。

もう奴隷じゃない。生きるための仕事ではなく、楽しいという理由で冒険してみるのも悪くない。

シャルロットを見ながら考え始めたマルクを、ユリアナはやさしく見守っていた。

十一話　シャルロットの告白

（シャルも立派に成長したし、次はどうしようかな……）

夜、ベッドに入ったマルクはぼんやりとそう考えた。

薬草収集は希望者も増えたので、手を引いても問題はなさそうだし、育てていたシャルロットも、もう立派な《**魔術師**》だ。

あとはもう、咄嗟の判断や立ち回りは、現場で覚えていくしかない。

今のシャルロットにはそういった場数を踏めるだけの力があるはずだった。

背伸びして上級者のパーティーにさえ入らなければ、問題ないだろう。

その上級者パーティーでさえ《**魔術師**》の彼女を欲しがるはずなので、そこだけはマルクが注意してあげないといけない。

本来、魔術さえ教えたらあとは彼女自身の問題なのだが、初めての弟子ということもあって、マルクはちょっと過保護になっていた。

とはいえ、パーティーはすぐにでも決まることには違いない。マルクとしてもシャルロットを邪魔するつもりはなく、本当に危なそうなら止めようと思っているだけだった。

マルク自身、選択権がなかったとはいえ、最初から中堅パーティーに組み込まれていた。

その中でもきっちりと戦力になっていたし、中堅だからこそ彼らは探索者として最低限の警戒心や安全策、マージンをちゃんと持っていた。

(まあ、それでも死ぬときは死ぬんだけど……)

ともあれ、シャルロットが無事に巣立つと、マルクはまた何をするか考えないといけない。

困っている人がいないなら何もしなくてもいいんだけど、それも少し落ち着かないのだ。

街を救ったことで家や財産を手に入れたマルクは、危険を冒す必要がなくなり、することも少なくなっていた。

シャルロットに魔術を教えていたのは、もちろん同じ《**魔術師**》として気になったからとか、彼女のまっすぐな瞳が眩しかったからとかもあるのだが、何よりマルク自身に時間があったからだ。

これがユリアナやヨランダと組んで遺跡に潜っていたり、もっと前のように奴隷だったころなら、そんな時間はそもそも取れなかった。

前者なら一緒に遺跡に潜るくらいはできただろうが、ここまで丁寧に魔術を教えることはできなかっただろう。

今回のようなことができたのは、それだけ余裕があったからだ。

しかしそれはつまり、マルク自身にはすることがないということでもある。

(どうしようかな……)

改めてそう考えていると、ドアがノックされる。

「どうぞ」

ノックと言っても、家にいるのはユリアナとシャルロット。そんなに気を使う相手でもない。

起き上がってベッドに腰掛けながら、マルクは入室を促した。

入ってきたのはシャルロットだった。意外といえば少し意外だ。

「あの、師匠、少しお時間いいですか？」

「ああ、いいよ」

部屋に入ってきたシャルは、すでに寝間着姿だ。

露出も高くないし生地も普通のネグリジェ。

色気というよりは子供っぽさを感じさせるその格好は、背が低く幼い顔立ちの彼女には似合っていた。

しかし、その胸の部分だけは大きく盛り上がっており、子供っぽい服装であるがゆえに倒錯的な魅力を放っている。

それに加えて、彼女の纏っている雰囲気が普段とは少し違った。

いつもの探索者に憧れる元気いっぱいの女の子、というよりも、淑《しと》やかで儚《はかな》げに感じられたのだ。

「師匠は、わたしを一人前だと言ってくれましたよね」

「ああ、そうだね」

隣に腰掛ける彼女を見ながら、マルクは頷いた。

彼女はもう一人前の《**魔術師**》だ。ちょっと寂しくはあるが、マルクの手を離れても立派にやっていけるだろう。

「ありがとうございますっ。それで、ですね、もう一人前なので……」

彼女は隣のマルクを上目遣いで見つめる。それが背の高さの差からくるだけの必然なのか、他の意図があるのか、マルクからはわからなかった。

そんな彼の頬に、柔らかいものが触れた。

それがシャルロットの唇だと気づいたのは、一瞬あとだ。

「わたしは師匠が好きです」

彼女はそう言いながら、マルクを押し倒した。

それは大して強い力ではなかったが、マルクは抵抗せずにベッドへと倒れ込んだ。

ベッドに手をついたシャルロットが覆いかぶさり、マルクの顔を見つめる。

風呂上がりの彼女からは石鹸の香りが漂ってきた。

「ユリアナさんには、先に話してあります」

マルクがなにか言うよりも先に、シャルロットは逃げ道を塞ぐかのように言った。

それは単にマルクが修羅場を恐れているという話ではなく、冷静に時間をかけての行動であり、一時的な衝動や感傷だと諭《さと》されないための言葉だ。

シャルロットはマルクたちに比べて若い。普通ならともかく、過保護になっているマルクにとって、それは彼女に手を出すのを躊躇う理由になり得た。

しかし、その理由が先に塞がれる。

複数の女性を相手にすることそのものについては、いまさらだ。

そうなるとあとは、マルクにとってシャルロットが魅力的かどうか、ということだけが問題になる。

夜に、ベッドの上で男女がすることなど決まりきっている。

「そうか……」

「はい。師匠、わたしは、んっ」

そうなれば、マルクの答えは決まっていた。

軽く身を起こして、彼女の唇を奪う。

柔らかな唇。シャルロットは驚いたあと、恥ずかしそうに彼を受け入れた。

一度唇を離すと、その顔が赤くなっているのがわかる。

彼女はマルクの上に覆いかぶさったまま、小さな声で言った。

「師匠、あの、初めてなのでうまくできるかわかりませんが、精一杯、んっ」

そんな彼女に、再びキス。

今度は先程よりも長く唇を合わせる。一秒、二秒……間近で見るシャルロットの顔が再び驚きに彩られる。

「はぅ……はぁ、ふぅ……」

キスが終わると、彼女は軽く息を整える。その顔はもう真っ赤になっているが、まだ緊張の色が強いみたいだ。

「シャル、ひっくり返すよ」

「え？　きゃっ」

マルクは身体の位置を入れかえ、彼女をベッドへと押し倒す。

「あぅ……」

最初は自分から覆いかぶさったのに、逆転された途端、シャルロットは恥ずかしそうに顔を逸らした。

その初心《うぶ》な仕草が、かえってマルクの興奮を高めていった。

マルクは慎重に、まずは彼女の頬に触れる。

「師匠？　あっ、ふっ……」

柔らかな頬から、細い首へと撫で下ろしていく。

そして浮き出た鎖骨へ指先を滑らした。

シャルロットはその手付きにくすぐったさと、そこはかとない気持ちよさを感じて声を漏らす。

鎖骨から下れば、そこはもう胸だ。

幼い顔立ち、低い背でありながら、シャルロットのそこはとても豊かに膨らんでいる。

本来色気のない寝巻きも、押し上げる彼女の双丘が放つ魅惑は抑えきれない。

「んっ……」

見つめるマルクに、シャルロットは小さく頷いた。

彼の手がとても優しく、仰向けでもなお存在を強く主張する爆乳へと触れた。

「あっ……」

彼女の口から小さな声が漏れる。

それはまだ気持ちよさと言うよりも、改めての恥ずかしさ、そして触れられていることへの喜びだ。

マルクの手は優しく、しかししっかりと彼女の胸を揉み始める。

柔らかな胸にマルクの指が沈み込んだ。寝る前だからか、最初からこうなるつもりだったからか――

下着はつけておらず、布一枚越しにその柔らかさをちゃんと感じることができる。

マルクの指の間から、その柔肉がはみ出してきて視覚的にも訴えかけてくる。

「んっ、あ……ふっ……師匠ぉ……」

彼女がか細い声を漏らす。

最初はそうでもなかったのが、徐々に感じ始めているようだ。

マルクの手の中で、収まりきらないその乳房の先が、硬くなり始めていた。

「んっ、あぁっ……そこ、あんっ」

そんな先端を軽くつまんで転がすと、シャルロットから甘い声が上がる。

立ち上がった乳首は、服の上からでも場所がわかる。

マルクの指が焦らすようにその周辺をこすり、その後でつまみ上げると、彼女の身体がビクッと跳ねた。

「んうっ！　あ、あぁ……師匠、それ、ぅんっ！」

素直に反応するシャルロットの可愛さと魅力的な触り心地から、マルクはおっぱいを責め続けた。

「あっ、ダメ、んっ……はぁ、あぁっ！」

ぐにぐにと形を変える胸は、マルクの指を受け止め、包み込もうとしてくる。

そこにあるだけで、揺れるだけで男を魅了する双丘は、触れてみるとより強くその力を発揮するようだった。

「ん、あぁ……はぁ、ふぅんっ……！」

シャルロットの漏らす吐息が、羞恥から快楽へと変わっていく。

気持ちよさに身を任せてぼんやりとしていた彼女だったが、急に気を取り戻したように慌てた。

「あっ、ダメです師匠、待って下さい、あぁっんっ、ダメッ、んはぁぁぁっ！」

ビクンッ！　と彼女の身体が跳ねる。

どうやら軽くイったらしい。

イく姿を見られてしまったシャルロットは、まるでおもらしを見られてしまったかのように恥ずかしがっていた。

「大丈夫。どうせ、これからもっと恥ずかしい姿を見せるんだから」

だが、マルクからすればこれはまだ始まりも始まりだ。

「えっ？　あっ、んっ」

マルクは胸から手を離すと、彼女の服を脱がし始める。

ネグリジェなので、下からたくし上げるようにしてすぐに脱がしてしまった。

「あぅ……」

シャルロットは恥ずかしそうに、包むもののなくなった爆乳を自分の手で隠そうとする。

しかし、彼女の小さな手や腕で隠しきれるものではなく、むにゅむにゅと圧迫され柔らかそうに潰れるそれは、より淫猥に見える。

そして頼りなく女の子を守る下着は、先程の愛撫もあって彼女の蜜を吸い、しっとりと張りついている。

その姿に、マルクのものもうズボンの中で苦しいほど膨らんでいた。

「あぅ、し、師匠……」

マルクの手が、シャルロットの最後の一枚にかかる。

すっ、と指を入れてずり下ろすと、クロッチの部分が糸を引く。

そしてすぐに、彼女の秘部が姿を現した。

自身の愛液で濡れたそこは、まだぴっちりと閉じている。

その閉じた縦筋から、じわりと愛液が溢れ出してくるのだ。

マルクはそっとそこに指を這わせる。

濡れた恥丘をなで上げられて、シャルロットが敏感に反応した。

「ひゃうっ！　あぁ……師匠の指が、わたしの、んぁっ！」

強引にならないよう、丁寧にそこをなで続ける。

十分に予告をしたあとでゆっくりと指を使って広げると、まだなにも受け入れたことのない、ピンク色の秘穴が姿を現したのだった。

「ひぅっ、あっ、ああ……わたしの中、見られてっ、んんっ！」

恥ずかしさと、そこから湧き上がってくる気持ちよさに彼女は混乱しつつも昂ぶっていく。

そこからはさらに愛液がこぼれ落ち、男を誘う。

マルクはその割れ目の上にある、秘芯へと軽く触れる。

「ひぅっ！　し、師匠、何を、ひゃうっ！　あっ、んはっぁああっ！」

クリトリスへの刺激で、ビクビクッと彼女が身体を震わせた。

「はぁ、あ……はぁ、あぁ……んっ」

荒く艶めかしい吐息を零すシャルロット。

彼女のそこがもう準備万端であることもあって、マルクのほうも抑えが効かなくなった。

服を脱ぎ捨てて、肉竿を露出させる。

もう天を衝くほど勃起したそれに、シャルロットの視線が釘付けになった。

「それ……男の人の……」

好奇心と本能で、シャルロットの手がその怒張へと伸びた。

「わっ、熱い……それに、すごい硬い」

彼女の小さな手が肉棒を掴むと、形を確かめるようにきゅっきゅっと握り込まれる。

すでに張り詰めた肉竿に、もどかしくも心地いい刺激が与えられていた。

「ふぁ……これが師匠の……こんな大きいの、入るのでしょうか」

期待と恐れをにじませながら、シャルロットは肉竿をいじり続ける。

そこから放たれるオスの匂いに、彼女の本能がうずき出す。

「あぅ……師匠、これ……」

自分のアソコから蜜が溢れ出すのを感じながら、シャルロットがマルクを見上げる。

マルクはうなずくと、再び彼女を押し倒して足を大きく開かせた。

そして張り詰めた剛直を、シャルロットの入り口へと宛がう。

「んっ、あぁ……師匠、きて下さい」

彼女のお願いを受けて、ゆっくりと腰を動かしていく。

「んっ。ぅ、あぁっ……！」

狭いその中を肉竿が進むと、途中で抵抗を受ける。

ぐっと力を込めて、マルクはそのまま前進した。

程なくして抵抗が薄れ、肉竿が彼女の中へと吸い込まれる。

「んうっ！　ふっ……あ……んっ」

マルクに抱きつくシャルロットの手に力が入る。

手にこもるその力よりも、マルクが感じていたのは肉竿を包む膣壁の感触だ。

狭いそこは、男を受け入れるのと拒むのとの、両方の性質を持っているように感じられた。

「んっ……あっ……」

マルクはしばらくそのまま動きを止めていた。

すると徐々にシャルロットの身体からは力が抜けていき、膣内の動きも変わってくる。

拒絶するような部分はなくなっていき、今度は精を絞ろうと動き始める。

「し、師匠、なんだか気持ちいいような、もどかしいような感じで、そのっ」

見上げる彼女は、恥ずかしがるようなねだるような顔でマルクを見上げる。

それは弟子の、少女のものではなく、女の顔だ。

シャルロットの誘う表情に、マルクは腰を動かし始めた。

「んっ……あっ、ふっ、これ、なんだかっ……」

膣壁が肉竿を擦り上げる。

愛液の量が多いため、そのきつさに反して抽送はスムーズだった。

「あっ、はぁ、んっ、ああっ……師匠ぉ……んぁっ！」

最初こそ苦しげな部分も見られたが、彼女の反応はすぐに気持ちよさへと変わっていった。

顔も蕩け始め、マルクをより昂ぶらせていく。

「あぁっ！　ん、あぁっ！　すご、すごいのですっ、こんな、んはぁぁっ！」

じゅぶ、ぬぷっと音を立てながらのピストン。

あぅっ やっ
びくっんんん
んっ
びくっ
じゅぷっ
ぬぷっ

膣壁と肉竿が擦れ合い、互いの快感を高めていく。

「ひうっ、あっ、イクっ、イっちゃいますっ、あっ、あっあっ、師匠ぉっ、あふっ、んぁ、あぁぁぁぁああああっ！」

「ぐっ……」

絶頂と共に、シャルロットの膣内がぎゅっと締まる。

男の性を搾り取ろうとする、その本能的な動きに、マルクのほうも限界を迎えた。

ドピュッ！　ビュクビュク、ビュルルルッ！

「ひぃあああっ、熱いのが出てますっ、これ、んはぁぁっ！」

絶頂直後の中出しに、シャルロットはさらに快楽へとのまれていく。

初めて肉竿を受け入れ、そのまま男の精液を受け入れる。

何も入れたことのなかった膣穴を犯され、女としての悦びに満たされていく。

「あぁ、すごいのです、あふっ……」

体力を使い果たしたのと快感とで、シャルロットは意識を手放した。

マルクはそんな彼女の頬を愛おしげに撫でると、肉竿を引き抜いて後始末をするのだった。

十二話　リュドミラとアデル

リュドミラと一緒にクエストに出かけ、孤児院へ向かうと、マルクは毎回食事に誘われていた。

最近ではもうそれも自然なことになっている。

同じように、リュドミラの孤児院に第四部隊が荷物を届けるようになってから、院長は毎回アデルを食事に招待していた。

そのため、タイミングが合うと、マルクもアデルと一緒に食事をすることになる。

今日もそんな感じで、マルクたちは同じ食卓を囲んでいた。

「アデルもすっかりこの景色に馴染んでるな」

「ああ。毎回お呼ばれしている内に、子どもたちもずいぶん懐いてくれたよ」

そう言って笑うアデルは、怖そうな女騎士ではなく、面倒見のいい姉、という感じだった。

マルクが知っているとき以外にも、彼女はこの孤児院を訪れ、食事をしたり、子どもたちと遊んだりしているらしい。

本来なら知ることもなかっただろうアデルの一面だ。

「ま、あたしも元々孤児だしな。やっぱりなんていうか、どこか落ち着くよな」

少し遠くを見ながら、アデルがそう呟く。

奴隷ではあっても、孤児でなかったマルクには、その気持ちをちゃんと察することはできない。

しかし立場の近いリュドミラのほうは、ある程度感じられるものがあるのかもしれない。

そういえば、一見怖そうなのに面倒見のいいお姉さんなところも、ふたりは似ているな、とマルクは思う。

「マルク、何を考えた？」

「いや、なにも……」

怖そう、と考えたのが見抜かれたのか、リュドミラから飛び出た質問に、マルクは曖昧に答えた。

そんなふたりを見ながら、アデルは胸元のロザリオを弄り回す。

それは彼女の癖のようで、マルクも何度かその姿を目撃していた。

マルクはリュドミラ経由で、そのロザリオが誰かの形見だということを聞いている。

本人も、別に隠しているつもりはないらしい。

実際、騎士団でも彼女が孤児院出身だというのは知られている。それでいて第四部隊の隊長にまでなっているというのが、また一部の准騎士から慕われる理由らしい。

「マルクとアデルは、似てると思う」

「そうかな……？」

逆にリュドミラからそう言われてしまい、マルクは首を傾げた。

先程、アデルとリュドミラが似ている、と考えていたマルクだ。だからなおさら予想外に感じた。

「うん。苦境から出世してるところとか、不器用だけど優しいところとか」

(俺、不器用かな？)

「あたしは、不器用か？」

「ぐっ」

考えていたことと同じことをアデルが尋ね、マルクは思わず声を上げた。

その姿を見て、リュドミラが笑みを浮かべる。

それは孤児院の子たちを見ているときと同じ、お姉さんの笑顔だ。

微笑ましく思われているのだろうとわかり、なんだかむず痒い気分になる。

「それにね」

リュドミラはふたりを見つめ、言葉を続けた。

「ふたりは予想外のことができるから」

「予想外のこと？」

マルクは首を傾げる。出来ることの範囲なら、リュドミラのほうが広い。

彼女はちょっとぽんこつな部分もあるが、メイド服姿にふさわしく、家事全般、そして戦闘も索敵も出来るオールラウンダーだ。

「そう。私に出来るのは、理屈通り考えて出来ることだけ。ふたりはそこを乗り越えられるから」

彼女が言ったことの真意は、マルクにはわからなかった。

それは変異種事件のころの彼女が、犯人であるザッカリア商会に騙されて孤児院を守るために働かされていたこととか、そこから自力では抜け出せなかったことなどが関係しているのかもしれない。

「さ、そろそろ行こう、みんな待ってる」

食事を終えたリュドミラは立ち上がり、食器を下げた。

彼女の視線の先では、先に食事を終えた子どもたちが、遊んでくれるのを待っているのだった。

十三話　遺跡群の発見

ドミスティアの街は、いつも以上の活気に満ちていた。

元々探索者や商人が集まる賑やかな街だが、今はその二大勢力が盛り上がっていたのだ。

というのも、ドミスティアの近くでまた新たな遺跡群が発見されたからである。

新しい遺跡は、お宝が眠っている可能性が高い。

一攫千金となる大物以外にも、簡単にそこそこの発掘品が見つけられる場合が多い。

すでに探索されている遺跡だと新たな隠し部屋を探すしかないが、新しい遺跡の場合、無造作に転がっていることだって珍しくないのだ。

探索者にとっては大きなチャンスである。

しかし、同時にとても危険でもある。

新しい遺跡は危険度がわからない。

どのくらいのモンスターが現れるのか、トラップはどうなっているのか。

大儲けのチャンスがある分、リスクも大きい。

だから大半の者はすぐには飛びつかず、危険を顧みない探索者や脅威度を調べる騎士団の調査が終わるまで、迂闊に足を踏み入れたりはしない。

それでも利益は十分に上がる。先駆者だって隠し部屋を調べきるなんて不可能だし、情報があればトラップの傾向は予想できるようになる。

だからその辺りが、多くの探索者にとって落としどころ、そして狙い目である。

もちろん、一攫千金を強く夢見る探索者は、危険を顧みずに真っ先に潜っていく。

うまく切り上げられる者、大金を手にする者、そして帰らぬ者。

時折新しい遺跡が発見される度、繰り返される光景だ。

そして商人もまた、新しい発掘品の山に期待し目を輝かせる。

大量の入荷が期待できるし、中には見たことのないもの、あるいはとてもめずらしいものがあるかもしれない。

ある程度の資金がある商人はそれらの品を心待ちにし、手持ちが少ない者はなんとかそれまでに仕入れのお金を集めようと頑張っている。

そんなそれぞれの欲望と期待で、にわかに盛り上がるドミスティア。

その熱気は住人たちにも伝播し、街全体がワクワクに包まれている。

元々ドミスティアが、遺跡によって賑わっている都市だということもあるだろう。新たな遺跡の発見による探索者や商人の活性化が、街全体にとって大きなプラスになるのだ。

マルクたちもそんな空気を感じながら、ギルド近くの店で食事をしていた。

同じテーブルについているのはマルクとユリアナ、そしてシャルロットだ。

店の中もいつもより騒がしい。探索者たちは誰もが、これから自分も潜るだろう遺跡へと甘い期待を抱いている。

「はやく脅威の調査が終わらないかなー」

「装備品の値上がりが止まらない。これなら、発見直後に買っておくんだったなぁ」

「大丈夫、大丈夫。遺跡に潜れば、元なんて余裕で取れるだろ」

そんな会話が店内のあちこちで繰り広げられている。

シャルロットはどこか落ち着かない様子でそれを聞いていた。

「新しい遺跡ってすごいのですね。街中がそわそわしてるのです」

「ああ。たまに見つかるとやっぱりしばらくは浮足立つな」

「発掘品も、いいのがあるといいね」

ユリアナも、賑わう店内に目を向けながらそう言った。

「ああ、どんな遺跡なんだろうな」

遺跡にも種類がある。今回見つかったのは遺跡群ということだから、大きなものだけでなく、小規模なものもあるはずだ。

小さな遺跡の多くは、無造作にそれなりの発掘品が置いてあるだけのボーナスステージであることが多いが、時折ものすごい密度でトラップが仕掛けられている危険な場所もある。

ただ、そういうところには高価な発掘品が眠っていることも多い。場合によっては、高度すぎてドミスティアでは価値がわからない、使いこなせないものが出てくるケースもある。その場合、値段がつかないので頑張り損になってしまうのだが……。

そんな風に考えていると、マルクも新しい遺跡のことが気になってくる。

一体どんな遺跡で、どんな冒険が待っているのだろう。

家を手に入れ、もう半ば隠居しているマルクは、今の生活に満足しているつもりだった。

危険のない、緩やかな暮らし。時折困っている人を手伝い、あとはのんびりと過ごす。

不満はないし、欠けているものはないはずだ。

しかしこうして湧き立つ街や、探索者に真っ直ぐな憧れを向けているシャルロットを見ていると、眩しさと一緒に少しの寂しさを感じる。

「ねえマルク、遺跡群が発見されたなら、それを探索する人が足りないんじゃない？」

「え？」

その横顔を見ていたユリアナに言われ、マルクが首を傾げる。

確かに遺跡群が見つかったとなれば、探索者はこれまでよりも必要になるだろう。

一攫千金を狙うドリーマーであり、その日暮らしの荒くれ者、という探索者への評価は基本的に何ら間違っていないのだが、同時にドミスティアの経済を支える基盤でもある。

せっかくの遺跡群も、いつまでも探索されないのでは存在しないのと変わらない。

新しい遺跡はロマンはあるが、未知のモンスターやトラップがあったり、遺跡自体が前例のない構造をしていることも珍しくなく、すぐには誰も手を着けない。

こういうタイミングで勢いで挑む者もいるにはいるが、命がけで冒険を続ける内に、みんな怖気づいていく。まだまだ遺跡の底が知れない以上、安心できないからだ。

そんなとき誰もが、自分が冒険小説の主人公ではないことに気づく。

そして手堅い方向に流れていき、すでに十分に探索された遺跡で、隠し部屋を探しながらモンスターを狩るようになっていく。

大きな儲けはないが、危険もそこまで大きくない冒険だ。

その日を暮らすのには困らない、中堅探索者の出来上がりだった。

そしてそうでない者の多くは、だいたい途中で命を落とす。

もちろん中には、そこで財宝を見事に掴み、成り上がった者だっている。

だけど、それはほんの一握りだ。

大豪邸や山のような財宝こそないものの、一軒家を持つマルクだって、十分に成功していて幸せなほうなのだ。それなのに今、マルクはどこか寂しく感じている。

そんなマルクを見て、ユリアナがさらに言った。

「だからもう一度、探索者を始めてもいいんじゃない？」

驚いて彼女を見つめるマルクに、ユリアナは続けた。

「シャルロットを鍛えることで、マルク自身も魔術の勘は取り戻せてるでしょ？　っていうか、そもそも鈍らないくらいには鍛錬してたよね。力は十分にある。もちろん、万が一ってことは誰にだってあるけど……マルクは、また探索がしたいんじゃないの？」

彼女にそう言われて、マルクは黙り込む。

満たされていなかったなにか。

シャルロットのまっすぐさに思い出したもの。

幼い頃に、野山を駆け回っていたころのこと。

「……ああ、そうだな」

そして、小さく呟いた。すると、自然と言葉が溢れてくる。

「俺はまた遺跡に戻って……探索が……冒険がしたい」

一攫千金というよりも、それを求める過程の冒険。

未知への挑戦とワクワク感。戦闘の高揚感。

思い出すだけで、マルクの心は熱くなった。

そんな彼を、ユリアナは満足そうに見つめている。

「ね？　また一緒に、探索者しよ？　約束だもんね」

「ああ」

ユリアナの言葉に、マルクは力強くうなずいた。

「わ、わたしも、師匠たちと一緒に探索したいです！」

わかり合っているふたりの様子を眺めていたシャルロットが、ここぞとばかりに切り出した。

「ああ、そうか、遺跡が発掘されたから」

遺跡の発見によって、シャルロットのパーティー探しは保留になっていた。

一攫千金を狙うようなパーティーに、いきなり新人が入るのはまずいからだ。

彼ら自身はリスクを取るタイプだろうから、不慣れなメンバー、それも初心者とはいえ《魔術師》であり戦闘能力の高いシャルロットを迎え入れてくれる可能性は高い。

しかし、初心者の彼女をいきなりそんなパーティーに入れ、無茶をさせるというのどうだろうか。

相手の性格もわからないし、そもそも探索場所の危険が大きい。

その流れには乗らない、もう少し堅実な冒険者でもやや危ないだろう。普段なら無茶をせず、この状況に惑わされないようなパーティーでも、戦力である《魔術師》を手にしたことで、危険な遺跡に挑んでみようと思う可能性は十分にある。

探索者の欲はなかなか消せないものだ。チャンスにチャンスが重ねれば、普段ならしない無茶に挑む可能性は充分ある。

初心者パーティーともなれば、もっとストレートに《魔術師》頼りで挑もうとしてしまうだろう。

そんなわけで、シャルロットのパーティー参加は一時見合わせていたのだった。

しかしマルクのところなら、そういった無茶とは無縁だ。あえて言えば最初の、一攫千金を狙っているパーティーに近いのだが、マルクやユリアナは安全のためにあっさりと宝を手放すタイプのため生存率が高い。

大きな宝に固執するがゆえに命を落とすというのは、中堅以上で多いパターンだ。

普段は冷静で判断力に長けていても、宝で目がくらんでしまう。

それがないだけで、生存率はぐっと上がるのだ。もっとも普通の探索者にとっては、宝に興味がないならそもそも遺跡になど潜らない、ということになるのだが。

「いいね。わたしたちと一緒なら、マルクも安心できるんじゃない？」

はじめての弟子ということでちょっと過保護気味になっていたマルクは、ユリアナの言葉にうなずいた。

「確かにな。全員《職業》持ちなのも、安全といえば安全だな。よし、じゃあシャルも一緒に行こうか」

「はい、師匠！」

嬉しそうに言うシャルロットの瞳は、今日もまっすぐだ。

今は、それを見つめるマルクの瞳もまっすぐだった。

第二章

探索者暮らし

一話　久々の遺跡へ

新たな遺跡群の発見は、ドミスティアだけではなく他の地域にも伝わっていた。

商人も多くがドミスティアへと集まってきている。それよりは少ないが、普段は他の地域で探索者をしている者も、一攫千金を目指してドミスティアを訪れていた。

新しい遺跡は危険度が不明なので、真っ先に入るのは大物を狙う者ばかりだ。

彼らも探索者としてある程度の情報提供はするものの、あくまで目的は自分の望む宝を手に入れることだ。見探索の遺跡については、重要なことを隠す可能性も低くはない。

そこで客観的な判断材料としては、騎士団が遺跡に潜って危険度の調査を行う。

発掘品の売買で経済を成り立たせているドミスティアにとって、遺跡は貴重な資源だ。

しかし、安易に入り口を開けたことで、モンスターが街にまで出てきては危ない。

危険度調査は強力なモンスターの間引きも兼ねているため、相手の数が多ければその討伐にも力を入れている。

通常はそれでいいのだが、今回のように遺跡群が見つかり調査しなければならない場所が多い場合は困る。だから危険度が低そうな遺跡は、探索者に調査してもらうよう騎士団から依頼を出すことがある。

探索者に復帰したことがいつの間にか知られたようで、マルクにもその調査依頼が来ていた。

一度はまた旅に出ていたヨランダが、新遺跡発見の話を聞いて戻ってきていたことで、パーティーメンバーが揃っていたのも大きい。

新しい遺跡に入ろうと思っていたところだし、ちょうどよかった。

だからマルクたちは、その依頼を受けることにした。

本当に危険度の高そうなところは騎士団が担当するため、マルクたちが頼まれたのは、だいぶ小ぶりな難易度の低そうな遺跡だ。

とはいえ、決して油断はできない。罠やモンスターの危険度が不明だからこそ、調査するのだから。

そのため、準備はしっかりと行う必要がある。

《剣士》のユリアナ、**《銃使い》**のリュドミラ、エルフの弓使いヨランダ、**《魔術師》**のマルクに、同じく**《魔術師》**のシャルロット。

全体的に後衛寄りの構成ではあるが、リュドミラはメインウェポンをショットガンにすることで前線での火力を上げられるし、ヨランダはシーフ技能も持っているので短剣での戦闘が可能だ。

普段はアサルトライフルを好んでいたリュドミラだが、発掘品のショットガンを気に入ったようだった。**《銃使い》**のリュドミラもまた貴重な**《職業》**持ちであり、この世界では異質な存在である銃器を使用できるのは、弾丸を作り出せる**《銃使い》**だけだった。

《職業》持ちが多いため、体力の基礎的なスペックも高いパーティーだった。

よほどのことがない限り、このメンバーなら対応できるだろうとマルクは思った。

そしてマルクたちは、昼食をとりに店へと赴いた。

食事の後で出発し、遺跡付近で一泊、その翌朝から遺跡へと挑む予定だ。

店内は、少し早めとはいえ昼時の活気に満ちている。

店の中には騎士団のメンバーもいて、街の警備についている彼らは、遺跡調査へ向かった仲間の団員の話をしていた。その会話は当然、横で食事しているマルクたちの耳にも入ってくる。

「アデルやカインは、もう遺跡に潜ってるらしいな」

「ああ。あとは第五部隊だな」

「アデルは、またひとりなのか？」

「みたいだな。それも隊長だからって一番難易度が高そうなところに挑んだらしい」

「相変わらずだな。頼もしいというかなんというか」

「それを聞いて、カインのほうも焦ってるみたいだな」

「ああ、最近押されてるからか」

「だな。アデルのほうが活躍してるから、カインもなんとか手柄をあげたいらしい」

「付き合わせれるほうも大変そうだ」

「まったくだな。地上に残る隊でよかったよ」

「やっぱり安全な街の中で暮らせるのが一番だよな」

「ああ。遺跡の解放でモンスターが来る可能性はゼロじゃないが、それでも安全でいえば遺跡内部とは比べ物にならないしな」

騎士たちは、そんな風に話していた。

「アデル、大丈夫かな？」

リュドミラもその話を聞いていたのか、心配そうに首を傾げる。

孤児院で話をしてから、彼女はアデルのことを気にかけているようだった。

アデルの境遇や状況に、何か感じるものがあったのだろう。

あの日以降もずっと、アデルの第四部隊が孤児院へと物資を届けていたらしい。

「カインのほうは、だいぶ焦ってるみたいね」

ユリアナが困ったように口にする。マルクにたまに連絡がくるので、ユリアナもカインという隊長とのことは覚えてしまっていた。

カインは露骨にこそ誘ってこないものの、まだマルクを隊に引き入れたいらしく、それとなく親交を深めようとしてくる。

それもやはり、同じ隊長職であるアデルが武功を立てて注目されているからだろう。

カインも《**槍使い**》としての武力で成り上がっていったと聞いている。同じく《**職業**》持ちで《**闘気使い**》のアデルに、自慢である武功で追い上げられているのが気が気でないのだろう。

マルクが見た限り、アデルのほうはあまり出世に熱心な様子はなかったが、カインの立場からすればやはり自分を追い落とすように感じられるのだろうか。

「そうみたいだな。カインが無茶をしなければいいが……」

遺跡ではそんな焦りは禁物だ。他のことに気を取られると、痛い目を見ることになる。

熟練の探索者でも、ロクな発掘品がなくて焦っているときや、宝を見つけた直後は要注意だ。

警戒が緩み、足をすくわれることになる。行きでは反応しないのに、帰りにだけ反応するいやらしいトラップも、珍しいが存在しているくらいなのだから。

騎士団の場合狙っているのは発掘品ではないが、危険は些細なことからでも生まれる。

「私たちも気をつけなきゃね」

ヨランダがのんびりと言うが、エルフである彼女は遺跡では決して油断しない。

「いよいよ遺跡に潜るんですね……」

初めての探索となるシャルロットは、やはり緊張しているようだった。

緊張し過ぎも決して良くはないのだが、マルクたちが一緒にいるからフォローはできる。

最初からまったく緊張するなというのも、無理な話だろう。無茶をしないよう、少しずつ慣れていけばいいのだ。マルクも久々である以上、特に最初は慎重にいくつもりだった。

「そろそろ向かおうか」

食事を終えたマルクたちは立ち上がり、馬車へと向かう。

いつもより賑わっている街を歩きながら、シャルロットは早くも固くなっているようだった。

「まだ遺跡じゃないんだから、そんなに気を張らなくていいよ。ほら、深呼吸」

ユリアナが姉のように、そんなシャルロットを気遣っていた。

「は、はいっ。すーっ、はーっ」

緊張しながらそう答えたシャロットは、言われたとおりに深く呼吸をする。

五人が馬車に乗り込むと、ゆっくりと揺れながら動き始める。

「……新しい遺跡か」

この先にある遺跡群に思いを馳せて、マルクは呟いた。その胸中には、懐かしい興奮と期待がある。

どこまでも広がる青空の下、馬車は速度を上げて走っていくのだった。

二話　探索

石壁の遺跡内を、マルクたちは慎重に進んでいく。

シーフ技能を持つヨランダと、《剣士》のユリアナが前に出ている形だ。

マルクの隣では、シャルロットが初めての遺跡探索に気合いを入れている。

反対に、マルクやリュドミラは最低限の警戒こそちゃんとしているものの、いい具合に肩の力が抜けていた。

「……みんな」

それでもヨランダがそう声を掛けると、マルクたちがさっと戦闘態勢に入る。

その辺りの切り替えは、慣れたものだった。

「三体、人型くらい」

ヨランダが相手の数と力を告げる。

実際に見えているわけではないので、詳細はわからない。

風の流れや足音などで、サイズや数を判断しているのだ。

マルクたちは武器を構え、その相手が姿を現すのを待った。

現れたのは亜人型のモンスターだった。

二足歩行と四足歩行の中間くらいに丸まった背中。

かろうじて地についていない手に握られている武器は、棍棒や刃こぼれした剣などだった。

「後ろからも三体来てる」

殿《しんがり》を歩いていたリュドミラが言うと、そちらからもさらに三体、亜人型のモンスターが現れる。

どちらもまだ離れているが、モンスターは警戒しつつ徐々に距離を詰めてきていた。

「じゃあシャル、後ろの三体へ向けて魔術を使ってみようか。ただ、ダンジョンの回廊で、仲間もいるから使う魔法も考えないといけない。どうする？」

マルクの問いかけに、シャルロットはすぐに答えた。

「ファイアーアローはどうでしょうか。巻き込みにくい魔法ですし、相手の反応から次にどの魔術を使えばいいか考えられると思うのです」

「ああ、今回はそれでいい」

極限まで狭かったり、空気の流れが滞った場所となると、ファイアーアロー並の火でも酸欠などの危険があるが、大半の場所では問題がない。

「じゃあ実際にやってみようか。ただ、戦闘が始まったら動きも速くなるから、心構えもね」

「はいっ」

シャルロットはうなずくと、後ろから来ていた三体の内一体に狙いを定める。

まだ十メートル以上距離があるため、モンスターは警戒しつつゆっくりと距離を詰めてきていた。

「ファイアーアローー！」

シャルロットの声と同時に、その杖からは炎の矢が飛んだ。

炎は尾を引くように勢いよく、亜人型のモンスターの肩のあたりに突き刺さる。

その瞬間、炎が勢いを増してそのモンスターを焼いていった。炎の矢が刺さったモンスターは呻《うめ》きながら、地面を転がって火を消そうとしている。

一体が撃たれたことで、他のモンスターは一気に距離を詰めてくる。

本来なら間合いの外だが、もうそんなこともお構いなしというように突進してきた。

「うん、いい感じだ。ただ仲間との位置やダンジョンの構造上、威力を増加させてゴリ押しできないときは、狙う場所を考えるのも手だ。ファイアーアロー」

マルクの杖からは、シャッロットのものと同じ炎の矢が二本飛び出し、後方から迫ってきた亜人型モンスター二体の右目をそれぞれ撃ち抜いた。

炎は眼窩から頭を燃え上がらせ、その二体はすぐに息絶える。

正面から来ていた三体のモンスターも、ユリアナが瞬く間に首を落としていた。

間合いをかなぐり捨てて、ただ走ってくる相手など、ユリアナにとっては止まっているに等しい。

苦もなく切り捨てると、彼女は刀を鞘へと納める。

「このくらいのモンスターだと、五人で固まっていたらかえってごちゃごちゃしそうね」

ヨランダが頬に手を当てながらそう言った。

この遺跡は道幅がさほどなく、全体的にこじんまりとしている。

五人で移動してぶつかるほどではないが、戦闘となると狭いのも事実だ。

マルクがかつて気にせず魔術をバンバン使えていたのは、彼自身の状況判断力もあるが、ユリアナと長年一緒にいて、互いの呼吸がわかっていたからだ。

ユリアナのほうも、マルクがどんなときにどんな魔法を使うかわかっているから、巻き込まれるようなことはない。

そして様々なパーティーを渡り歩いていたヨランダもまた、味方の空気を読むことに慣れている。弓使いとして、前衛に矢を当ててしまうようなことはない。

それでももっと開けた場所なら、適度に散ることで互いの邪魔にならないのだろうが。

《**職業**》持ちということもあって、身体能力を上げられるマルクたち後衛職も最低限の自衛は可能だ。そこまでべったりである必要はない。手分けして行動することも手ではあるが……。

「いつもと違う状況で、違う戦い方になるの、なんだか昔みたいだね」

考えこんでいたマルクに、ユリアナが楽しそうな声で言った。

奴隷という立場ながらも探索者になり、大変な中でも冒険を楽しんでいたころのこと。

《**職業**》持ちなので大金で買われたマルクたちは戦力として期待され、そのかわりとして、けっこう丁寧に扱われていた。

奴隷ではあったものの、替えのきかない激レア装備のような扱いというところだ。

しかしふたりが所属したのは、そうでない奴隷も多く使っているパーティーだった。最初はそれほどでもなかったのだが、ある仲間が死んでからは、リーダーは他のメンバーを守るために奴隷を荒く扱い始めた。

そのためメンバーの編成はコロコロと変わり、その練度もまちまちになる。

それでもそんな中でユリアナとマルクは、活躍して結果を残していった。

結果を出すことで大切にされるのは、生き残るための術《すべ》だったのも確かだが、毎回のメンバー変更も、一種の縛りプレイのように楽しんでいた部分がある。

だからこの今の状況は、その頃を思い出せていた。

「そうだな。狭いから気をつけつつ、ちゃんと五人で行こう」

「はい、師匠。わたしもがんばりますっ」

シャルロットも元気に答え、マルクたちはそのまま遺跡を進んでいくのだった。


道幅が狭い割には、意外と深い遺跡だった。

マルクたちは遺跡の第四階層で、ひとまずテントを張っていた。

体感ではまだ夕方くらいの時刻だが、この先に安全そうな場所があるとも限らない。

少し早めだが、切り上げておいたほうがいいという判断だ。

幸い、第四階層のこのエリアは開けており、周囲のモンスターも一通り倒してある。

不意の襲撃にも対応しやすい場所だ。

テントを二つ張ったあと、天井も十分に高かったので、火を炊いて食事を作る。

遺跡内なのでスープ温めたり肉を焼くくらいだが、温かい食事というだけで大分マシだ。

「遺跡の中での食事って不思議な感じです」

パチパチと燃える焚き火を眺めながら、シャルロットが言った。

「最初のころは普通、キャンプが必要なところまで潜らないものね」

ヨランダがうなずく。

初心者は交代で見張りをするだけでも、慣れないダンジョンで疲れてしまう。

心身が休まらない状態が続くとパフォーマンスが低下し、それがそのまま生存率につながってくるので、近場の遺跡に日帰りで潜ることがほとんどだ。

本来なら、ダンジョンが初めてのシャルロットは、十分に探索が進められた遺跡の浅いところにだけ顔を出して帰るのが普通である。

だが、当然そんな場所は宝など取り尽くされており、あまり儲からない。それに焦りを覚えて無茶をする、というのが初心者が命を落としやすいパターンだった。

マルクたちのような慣れた探索者が一緒だからこそ、このくらいの遺跡であれば危なげなく探索することができている。

「気の抜きすぎるのはダメだけど、張り詰めすぎるのもダメ。休めるときに休んで、食べられるときに食べておくといい。特に仲間がいるときは、交代でちゃんと休める」

ソロでいることの多かったリュドミラが、自身の経験からそう言った。

ソロ探索の場合、休むにも必要以上に警戒が必要だからだ。

「それにしても、アデルは平気なのかしら」

他の騎士と違い、《**闘気使い**》であるアデルは、単独で動くことが多いという。

こういった遺跡調査などには、あまり向いていない行動パターンのはずだ。

「あの子は昔の私に似てる」

「リュドミラに？」

クールな《**銃使い**》でメイドのリュドミラと、騎士のアデル。

一見すると似ていないように見えるが、人と触れ合うことに不器用で、でも実は優しく、少し危なっかしいところは同じなのかもしれないとマルクは思っている。

「でも、アデルにはもう守るものがない。だから私よりも、もっと危なっかしい」

アデルの出自を聞いていたリュドミラは、そう言って彼女を心配した。

「カインのほうも、ちょっと気になるな」

マルクに誘いをかけていた彼は、今回調査に行く前にも連絡してきていた。きっと、騎士団がマルクに依頼を出すことを知ったのだろう。

だがその連絡は、これまでよりずっと余裕なさげに感じられたのだ。

成果を焦りすぎるとミスが増える。

遺跡の中では、小さなミスでも大事故を引き起こしかねない。

(まあでも、他人のことを悩んでも仕方ないか)

潜っている遺跡の位置も違うし、何ができるわけでもない。まだ仲間ではないマルクが忠告しても、カインは素直には聞かないだろう。

そもそも、彼の仲間になって騎士団の勢力争いに参加しようという気はまるでない。

(俺になんとかできるのは、目の前のことだけだな)

焚き火にテント。これで星空が見られればいいアウトドアだな、と思いながら、マルクはシャルロットやユリアナたちへと目を向けるのだった。

三話　ユリアナ＆シャルロットとの夜

「ね、マルク」

食事も終え、交代で休むことになったマルクたち。

早々にテントの一つへと入ったマルクの元を、ユリアナとシャルロットが訪れていた。

マルクには、「魔術を使ったあと、二十四時間以内に広義の性行為をしないといけない」という制約がある。

普段はどのみち、毎夜ユリアナたちといちゃついているので問題ないのだが、遺跡の中となると、やはり意識的に取り組まなければならない。

そんなわけで休憩の時間を使って、ユリアナとシャルロットがマルクのところにきたのだった。

「今日はふたりで癒しにきたよ」

「し、師匠のお疲れを取りにきたのですっ」

テントに入ってきたふたりは、そのままマルクの足元へとかがみ込む。

ユリアナはいつもどおりのテンションだが、シャルロットのほうはどこか落ち着かない。

「お疲れさま……マルク」

そう言ったユリアナが、マルクの股間をズボン越しにそろそろと撫でてくる。

彼女の手が、優しく刺激してくれた。

それを見たシャルロットも、膨らみ始めたマルクのそこへと手を伸ばした。

「な、なんだか不思議な感じです。ユリアナさんと一緒に、師匠にするの……」

エッチはふたりきりでするもの……そういうイメージがあるのか、シャルロットはどこか恥ずかしそうにしている。

「まずはわたしたちのお口で気持ちよくしてあげるね」

そう言うと、ユリアナは手を使わずにマルクのズボンを布地を咥える。

「あふっ、ん、ふむっ」

「わ、わたしもっ」

それを見たシャルロットも、口でズボンの端を咥えた。

「んっ、ふぉ、んっ」

「あうっ、なかなか、むずかし……んっ」

彼女たちはぎこちなく顔を動かしながら、ズボンを降ろしていった。

「んっ……ふぅ、むぅっ」

最初は戸惑っていたシャルロットだが、一度始まると熱心に動き始める。

ユリアナの動きを確認しながら、ズボンをさらに脱がしにかかっていた。

その光景がなかなかにエロく、マルクのものは布地を押し上げていく。

「あんっ、マルクのおちんちんが引っかかって、うまく脱がせないよ、もう、はむっ」

「おうっ」

「あむあむっ、れろっ」

引っかかって脱がせられないことをとがめるかのように、ユリアナはズボンの上から肉竿を咥えると唇で刺激した。

布越しのもどかしい愛撫に、マルクは腰が引けてしまう。

「今ですっ、えいっ」

「んっ」

その動きに合わせてシャルロットがズボンと下着をまとめて下ろそうとし、ユリアナが口を離す。

狭い下着から開放された肉竿は、びょんと跳ねるように飛び出して、目の前で見ていたユリアナの顔に当たった。

「もうっ、マルクのここ、やんちゃさんだね、ちゅっ」

ユリアナが嬉しそうに言うと、肉竿の先端に直接キスをした。

下まで脱がせたシャルロットも、露になったマルクのそこへと顔を寄せてくる。

「師匠のここ、いつもよりも濃い匂いがします。すんすん。ふーっ」

彼女は匂いを嗅ぐと、息を吹きかけた。

「ふふっ、ぴくって動いたのです。れろっ」

マルクの素直な反応に嬉しそうにして、亀頭を舌で撫であげた。

「はむっ、れろっ」

「あむっ、ぺろっ」

彼女たちは両側から、マルクの竿をしゃぶった。

ふたりは横向きに、肉竿を挟んでキスをしているようにも見える。

そのまま彼女たちが前後に動き、マルクはダブルハーモニカフェラを受けることになる。

「れろれろ、じゅるっ、どう？　やっぱり先っぽに触れないと、もどかしいかな？」

「あむっ、はふっ、れろっ。じゃあわたしが、ぱくっ」

「ぐっ……」

シャルロットの口が離れたかと思うと、いきなり大胆に先っぽから飲み込んできた。

焦らされて敏感になっていた亀頭部分が、彼女の温かな口内にくわえ込まれる。

「んうっ、れろ、じゅるっ、師匠のこれ、まだ大きくなるんですね。んぶっ」

敏感なところを口内で転がし、舌を這わせて愛撫しながらシャルロットが微笑む。

「れろっ、じゃあわたしはもっとの根元のほうを、あむっ、れろれろっ」

ユリアナの舌はこれまでよりも根元のほうへと向かい、唇でそこを挟んでしごいてくる。

これまでより強く速い刺激を受け、マルクの欲求も高まってきた。

「あむっ、じゅるっ、あふっ、さきっぽから師匠のお汁が出てきました。れろっ、ん、ぺろっ、ちゅううっ」

溢れ出てくる先走りを吸い、シャルロットはさらに口淫を激しくさせていく。

「れろっ、じゅるっ、ん、あふ、れろろっ！」

「あ、マルクのタマが上がってきてるね。そろそろかな、れろっ」

「うわっ」

根本を舐めていたユリアナが、射精の準備を始めた睾丸へと舌を伸ばした。

ぐっと持ち上がりつつあったそこを舐められると、肉竿とは違う快感が走る。

すでに上がりつつあったそこを、さらに追い詰めるように舌が動いた。

「れろぉっ、ちゅぶっ、あふっ、んんっ、じゅるるるるっ！」

当然その間もシャルロットのフェラは止まらず、激しさを増して先端を中心に責め続けてくる。

いよいよ限界が近づいてくると、今度はまたふたりが左右に分かれ、肉竿を刺激してくる。

精液を絞り出すように竿の上を滑る唇に、限界だった俺の欲望は爆発した。

「ひゃうっ、すごっ……熱い」

「師匠の濃いのが、いっぱいかかってますっ」

彼女たちの顔や胸に、俺は精液をぶちまけた。

勢いよく飛び出したザーメンがふたりへと降り注ぎ、その身体を卑猥な白へと染めていく。

「んうっ、ぺろっ。こんなに濃いの出したのに、マルクのここ、まだ元気だね」

ユリアナの手が、射精直後で敏感になっているマルクの肉竿を擦り上げた。

「あっ、もったいないよ、れろっ」

中に残っていた精液が溢れ、それをユリアナの舌が舐め取る。

その痺れるような快感に、マルクのペニスは収まる気配などない。

制約のためだけならこれで十分なのだが、もちろんこれだけで終えてしまうつもりなどない。

マルク自身まだ興奮が収まらないのもあるし、何より目の前で発情している美少女ふたりを放置するなんて考えられないことだった。

「ん、師匠……」

甘い声を上げたシャルロットが近づいてくる。

マルクは仰向けになると、ふたりを迎え入れる準備をする。

シャルロットはおずおずとマルクの顔を跨いだ。

彼女の秘められた部分が、マルクの目にはっきりと見える。

そこはとても小さく開き、蜜を零していた。

しかし、彼女がかがんでその秘裂をマルクの顔へと近づけるにつれて、はしたなく花開いていく。

綺麗なピンク色の中が露になり、そこは快楽を求めてひくひくと動いていた。

彼女のアソコがゆっくりと顔へ通りてくる。

しかしマルクはまちきれず、腕を伸ばすと彼女の腰をぐいっと引き寄せて、そのままそこへ舌を這わせた。

「ひゃうぅぅっ！　師匠、いきなり、あんっ！」

甘い声を上げたシャルロットは、一瞬抵抗して立ち上がろうとするものの、すぐに腰が砕けてマルクの上に座り込んでしまう。

「あふっ、そんなに舌を潜り込ませちゃ、あぁっ」

蜜壺の中を舌でかき回され、敏感な肉芽を舐め上げられる。

その度にシャルロットの子宮がうずき、愛液を溢れさせてしまった。

「マルク、わたしも、んっ……」

ギンギンになっていた肉竿には、ユリアナが腰を下ろしていく。

すでに十分濡れていた彼女のアソコは、硬くなったそれをスムーズに飲み込んでいった。

「あんっ、ん、あふっ……」

ユリアナが声を上げながら、ゆっくりと腰を動かし始める。

シャルロットのほうも、より快感を貪ろうとマルクの顔の上で腰を動かし始めた。

「ふぅんっ、あ、シャルロット、ここ精液ついてるよ、れろっ」

「ひゃうん、ユリアナさん、そんな、んはぁっ！」

シャルロットの胸元に飛んでいた精液を、ユリアナが舐め上げた。

ユリアナの舌が乳房をくすぐるように動き、シャルロットは思わぬ快感に悶えてしまう。

「ほら、こっちも、れろっ、ちゅぅぅっ」

「んはぁぁっ、あっ、だめですっ、おっぱい吸うの、んはぁっ！」

ユリアナは精液を舐め取るついでに、シャルロットの乳房も吸っていく。

蜜壺をマルクの舌に愛撫されている中での、胸への吸いつき。

シャルロットは大きな快楽で力を入れられなくなっていった。

「ひゃうっ！　あっあっ！　ダメ、んっ、ふたりがかりなんてずるいのですっ！　こんなの、気持ちよすぎて、あぁぁっ！」

シャルロットが気持ちよさに背を仰け反らせる。マルクの顔は彼女の愛液ですっかり濡れていた。

「ふふっ、可愛い……ひゃうっ、あっ、んっ！」

シャルロットのイキ姿に満足していたユリアナだったが、そこを下から突き上げられて気持ちよさに喘いでしまう。

今度はマルクとのセックスに集中し始め、ユリアナはこれまでより激しく腰を振り始めた。

蜜壺の中をかき回す硬い肉竿。

馴染んだその抽送は、ユリアナの気持ちいいところを覚えており、的確に襞を擦り上げてくる。

「あんっ、あっあっ、もう、ん、ふぅ……んはぁぁっ！　ひぃぅぅっ！」

そろそろイク……そう思っていたユリアナは、急な刺激に予想外の絶頂を迎えた。

「さっきのお返しです、ユリアナさん♪」

楽しそうに言うシャルロットが、ユリアナの胸を揉み、乳首をつまんでいた。

すでに快感が決壊間近だったユリアナは、その刺激でイってしまったのだ。

「ひゃうっ、あっ、ふたりとも、ちょっとまっ、あぁぁっ！　んはぁっ、ダメ、今は、あっあっ、イクッ！　あぁ、んはぁぁぁっぁあっ！」

ビクビクと身体を揺らしながら、ユリアナは連続絶頂を迎えた。

ユリアナの中は、マルクの肉竿を愛おしそうに締め上げる。

そんな膣壁の包容に合わせて、マルクも射精した。

「あふっ、あっ、マルク、いま出されたら、んはぁぁっ……」

熱い精子を膣内に受けて、ユリアナが蕩けた声を零す。

彼女の身体からは力が抜け、そのまま正面のシャルロットへとしなだれかかった。

そんなユリアナを支えながら、腰を上げたシャルロットは股下にいるマルクへと問いかける。

「師匠、今度はわたしのここに、師匠のおちんちん……入れてもらっていいですか？」

絶頂を迎えたあとの発情顔を見せながら、そうおねだりするシャルロット。

「ああ、もちろんだ」

マルクは快く答え、まだ終わりそうもない夜を過ごすのだった。

四話　騎士団と探索者

依頼を受けての調査では、完全踏破のマッピングは必要ない。

そもそも遺跡には様々な隠し部屋があり、十年以上経ってから発見される……なんてこともよくある。そうじゃないと、モンスター素材はともかく発掘品なんて、遺跡発見直後でもなければそうそうお目にかかれなくなってしまう。調査の目的は、あくまで最低限の傾向の把握だ。どんなモンスターが出たか、どのくらい出たか、どんなトラップがあったか。あとはどこまで調べたか。

遺跡によってはとても広く、深いということもある。その場合、改めてより大規模に組織して、準備をしてから調べ直すということもあった。

だから今回のような第一次調査は、そこまで時間のかかるものではない。

もちろん、その場の状況に応じて長引くことはあるし、予想を越える強敵の出現で失敗することもある。新しく見つかった遺跡に、未知のモンスターや罠がないとも限らないのだ。

「でもまあ、こんなところかな？」

「そうだね」

マルクたちの潜った遺跡は難易度が低く、広さはそこそこあるようだった。

警戒は必要だが、ある程度のレベルはわかった。今回の調査はこの辺で切り上げてもいいだろう。

「師匠、やっぱり遺跡の中を冒険するのは、楽しいですねっ！」

「……ああ、そうだな」

本当に楽しそうに言うシャルロットに、マルクも頷いた。

彼女が横で嬉しそうにしているから、というのもあるだろうが、久々の探索をマルクも楽しんでいたのは事実だった。穏やかな生活に不満があったわけではない。しかしこうして冒険に出てみると、やはり楽しいのはこちらだと感じる。

もう一度こうして遺跡に戻ろうと思えたのは、シャルロットのおかげだ。

かつての自分のような、冒険への真っ直ぐな憧れを持っていた彼女に触れることで、マルク自身も忘れかけていた情熱を取り戻すことができた。

奴隷から解放されようとか、安全を確保しようとか、英雄だなんてもてはやされて少しはそれらしいことをしようだとか。いろんなことを考えたが、本当のマルクの望みはもっとシンプルなのだ。

幼い頃に、探索者に憧れた。隣にいた少女と一緒に、冒険がしたいと思った。

大切なのはそれだけだったのだ。

†

数日後、ドミスティアへと戻ってきたマルクたちは、調査結果を報告した。

あとはその結果を上が判断し、ギルドを通じて探索者たちへと告知されるのだろう。

新しい遺跡が見つかることはたまにあるが、こうした大規模な遺跡群の発見は久しぶりらしく、役人たちは忙しそうに働いていた。

報告を終えたマルクたち五人は、近くの店で昼食をとることにする。ここなら探索者や騎士団の人間が集まるので、他の遺跡に関する情報も手に入るかもしれないと思ってのことだった。

店に入り、料理を注文したマルクは軽く周囲を見回す。

騎士団と探索者が多いこの店は、やや粗野な活気に満ちていた。

「なあ、お前がこの前言ってた、可愛い店番の子の話だけどさ――」

「いや、絶対安全だって。俺もやってるし――」

「概ね順調なんじゃないか？　人少なくて残業増えるし、早く片付いてもらいたいけどな――」

「最近ちょっと様子がおかしいらしいぜ？　前からひとりなのが多かったけど、最近はさらに遠ざけてるって――」

飛び交う話の内容はさまざまだ。

騎士団や探索者の人間だっていつも仕事の、それなりに有益な話をしているわけじゃない。

給仕の子が可愛いとか、怪し気な宝の地図の話とか、そんな話題も店の中には行き交っている。

「まあでも、一応結果は出してるからいいんじゃないか？　それこそ、第二部隊よりも、ね」

「おい、声が大きいぞ。カインさんはそれ、大分気にしてるみたいだから。今回の遺跡調査だって、一番結果を上げるんだって気合い入ってたって」

目当ての会話を聞きつけたマルクは、そちらへと意識を集中させた。

「一つ調査を終えても、そのまま次に挑《いど》んだって言うし」

「らしいな。まあでも、それはアデルさんも一緒だって。前の調査が終わってすぐに飛び出したらしい。第四部隊の他のメンツは一日休暇らしいけど」

「そうなると第二部隊だけが悲惨なのか」

「第四の副隊長も隊を任され続けてるし……いやこれはどっちだろう。振り回されるよりは楽か？」

そんな風に団員たちは話していた。

「しかし、どうなるのかね」

騎士のひとりは心配そうに、しかしどこか自分には関係ない、という風に言った。

「第二部隊のカイン隊長か、第四部隊のアデル隊長か。次の正騎士様はどっちかってんで、みんな動いてるよな」

「おいおい、我らが第三隊長を忘れてないか？」

親しみを込めた笑みを浮かべながら話し相手の騎士が言うと、もう片方の騎士も破顔した。

「いやいや、第三隊長はないだろ。今だって手柄なんて放棄して、街から動かないくらいだぜ？」

「ははは、でもそんなこと言うのなら、俺たち准騎士と違って本当の騎士様である第一部隊の隊長だって、ずっと街にいるじゃないか」

ふたりはひとしきり笑ったあと、真顔に戻る。

「カインさんのほうは結構派閥に力を入れているしな。第四や第三からも、そっちに接触取ってる奴はいるみたいだな」

「ああ。ただ反対に、だからこそアデルさんのほうが風通しもいいだろうってことで、そっちにつきたがってる者もいるな」

ふたりはどちらも、そこで軽くため息をついていた。

「まあ別に、出世だってしないよりはしたほうが、そりゃいいんだろうけどさ」

「めんどうだよな、いろいろと」

そしてふたりは互いの顔を見て、軽く笑った。

「やっぱりおれらには、第三が合ってるな」

「違いない。おかげで休日は一日呑んだくれだ」

追加のエールを注文したふたりは、そのまま笑い合っていた。

「……なんだか、騎士団も中は大変そうですね。いろいろ関わりとか」

同じように聞き耳を立てていたシャルロットが、そう感想を漏らした。

「そうだね」

マルクもそれに同意する。アデルのほうはともかく、カインは出世に必死だ。その気持ちも、わからなくはない。やはり准騎士と正騎士では、立場も権力も違うのだ。

しかし権力だの立場だの派閥だの、マルクも面倒そうだとは思っていたが……。

「やっぱり、気楽で自由な探索者のほうがいいですね」

「ああ、間違いない」

マルクは心から頷いた。

「ね、マルク、休んだら次の遺跡も見に行くでしょ？」

ユリアナが当然、といった様子で尋ね、マルクは力強く答えた。

「ああ、もちろんだ」

新しい遺跡へ行くのはワクワクする。自由な冒険は楽しい。きっとそれだけでいいのだ。

マルクは次の遺跡へと思いを馳せるのだった。

五話　血みどろのバーサーカー

次にマルクたちが調査をすることになったのは、難易度がやや高いと思われる遺跡だった。

その遺跡はすでに騎士団が入っているにもかかわらず、規定の日にちを過ぎても戻ってきていない、ということだった。

その話を聞いたアデルがひとりで向かったらしいのだが、直前に第二部隊の准騎士となにか込み入った話をしていたらしい。

部隊が違うとはいえ騎士同士だから、情報交換をしていてもおかしくはない。

だが、その話を聞いたマルクは少しきな臭いものを感じた。

第二部隊の中にも、アデルに近寄る者はいる。しかし大半は当然、カインの派閥なのだ。

アデルの性格的には、自分のほうから関わるとは思えない。どうも違和感がある。

しかしマルク自身は騎士団に関わるつもりはないので、事情に踏み込むのも問題だ。

勧誘はずっと断っていたし、彼とは相性が合わないと思ってはいるが、別にカインが悪人だというわけではない。

《魔術師》という戦力を欲してマルクを勧誘するのは、個人的にはやや鬱陶しいものの、問題のある行為とは言えない。

だから今のところ、アデルに肩入れしてカインと敵対するつもりはなかった。

しかし、孤児院でのやり取りを重ねていたリュドミラが、アデルを心配したのだ。

リュドミラがそう言うなら、ということで、マルクたちはアデルを追って遺跡に入ることになった。

今度の遺跡は洞窟型のもので、岩肌の露出したそこをマルクたちは歩いていた。

「リュドミラは、いつの間にかそんなにアデルと仲良くなっていたんだね」

マルクだって、アデルと孤児院で食事を供にしたことはある。

武闘派の准騎士だという噂にしては飾り気がなく、付き合いやすいタイプだった。

やや大雑把なところがあるが、地位を笠に着ていばることはなかった。

「彼女は、私と一緒だから」

リュドミラはそう言った。

アデルも孤児院出身で、そこから騎士団に入ったのだ。

騎士団は基本的に一定の家柄を持つ次男や三男を受け入れるが、それと同時に大多数は一般庶民からも選ばれる。

商業中心のドミスティアでは、貴族も合理的な者が多い。実力で隊についてこられるか入団テストもあるし、圧倒的な戦闘能力があればスカウトされ、生まれがなんだろうと入団できるのだ。

戦闘向きの《**職業**》を持つアデルはもちろん、後者だろう。

探索者の中には、積極的に騎士団に入りたいと思う者もいる。というより、入団テストに落ちてから探索者になる者も実は多い。

同じく孤児院出身のリュドミラは、最初こそ一探索者だったが、後に大きな商会の専属となるくらいの成功を収めていた。

ふたりともソロがスタイルで、《職業》持ちだ。

自分の力だけで成功している。

「でも、アデルには帰る場所がない」

リュドミラには実家の孤児院がある。そこを大切に思うがゆえに行動が制限され、間違ったこともあったが、どれだけ間違ったとしても、リュドミラには帰る場所があった。

しかし、アデルにはそれがない。

リュドミラが心配しているのはそこだった。

アデルはひとりで次々と戦場に飛び込んでいくバーサーカーだ。

彼女の強さ、大胆さは守るもののなさに起因しており、それはとても強靭に見えて、その実とても脆い。

境遇が近かったからこそ、リュドミラは彼女を気にかけて心配しているのだろう。

リュドミラ自身が、そうなっていてもおかしくなかったから。

そんなことを考えながら、岩肌の、遺跡というよりも洞窟のようなダンジョンを進んでいく。

モンスターの数が少ないのは、すでに騎士団とアデルが先に進んでいるからだろう。

それでもまだ危険度のわからない遺跡なので、警戒は緩められない。

かといって、終始気を張り詰めていては体力が持たないので、難しいところだ。

マルクたちはそのあたりのバランスが経験で身についているが、新人であるシャルロットはまだ切り替えが上手くできていない。

前回は警戒しすぎて消費が激しく、今回はパーティーに慣れたのか緩みすぎているようだった。

ただ、《**魔術師**》であること、周りが先輩であることを考えれば、気を張りすぎるよりはいい。

《**魔術師**》の役割は瞬間火力だ。その効果は魔術によって様々だが、求められるのはまず火力。武器では傷つけられない硬い装甲を撃ち抜き、大量の雑魚モンスターを一度に蹴散らす。

爆発力こそが、他では替えのきかない魔術の優位性なのだ。

もちろん、気を抜きすぎていいわけでもないが。しかしそのあたりは、経験して身につけていくしかない。口で説明するよりも、現場次第の感覚的なものなのだ。

「マルク、あれ……」

ヨランダがそう言って、前方を指差した。

マルクの目では、まだそれがなんだかは判別できない。

しかしヨランダの声に警戒の色がないことから、現在進行系の脅威ではない、ということがわかる。

脅威は、もう去ったあと。

近づくに連れて、マルクにもその正体がわかった。

それは死体だ。

騎士の死体が、ダンジョンの道に転がっている。

「ひえっ!?」

同じくらいのタイミングでそれに気づいたシャルロットが驚きの声を上げる。

探索者にしろ騎士にしろ、その仕事上、死ぬことはある。

頭ではわかっていても、いきなり死体を前にすれば驚くだろう。

「この先にもあるわね……何よりこの死体……」

ヨランダが少し困ったように言い、マルクたちもその死体を見る。

「こっ、これっ……！」

そこでシャルロットは、怯えた声を出した。

先程のものは、死体に対する純粋な驚き。わかっていても、びっくりしただけ。

しかし今度の声は、わからないことへの恐怖だった。

「だってこれ……モンスターにやられた跡じゃないのです！」

鎧の数ヶ所に突かれた跡があり、首のところは切り裂かれている。

専門家ではないマルクたちの目から見ると、細めの剣か槍による傷だろう、ということくらいしかわからない。

事切れている彼はモンスターにやられたわけではなく、人の手によって殺められていたのだ。

「ど、どういうことなんですっ⁉」

この遺跡中に入っていたのは、最初に探索を行った騎士団と、後追いのアデルだけのはず。

死体を前にして、マルクたち五人は考え込むことになった。

一刻も早く犯人を追うべきか？　しかし、敵の情報がないまま飛び込むのは危険では？

なにせ、騎士たちはそれなりの訓練を積んだ戦闘集団であり、アデルは《**職業**》持ちだ。

マルクたちは《**職業**》持ちでパーティーを組んでいるため、ありがたみが薄いが、本来ならどちらもそう簡単に倒せる相手ではない。

理由は分からないが、万が一にも、人間同士の戦闘となるとやっかいだ。

まずは状況を把握してから動くべきだろう。冒険と蛮勇は別物だ。

「犯人はまだ遺跡の中にいるだろうな」

「どうして？」

マルクの呟きにユリアナが尋ねる。

「このダンジョンは一本道に近い。もちろん、袋小路になる場所へ隠れて俺たちをやり過ごすっていう手もあるけど、ここまで結構いろんなところを、しっかり確かめてきただろ？」

「うん。調査でもあるしね。まだ一階層目だし」

「ああ。そうだ。それに、この遺跡はわりと直線の通路が長い。身を隠すのは結構難しい造りだ」

「たしかにね。死体だって、結構手前から発見できてたし」

「ヨランダの目は俺たちよりもいいしな」

それはエルフの特性によるものだ。もちろん人にもエルフにも個人差はあるが。

しかし、ヨランダよりも視力のいい人間というのは、なかなか考えづらい。

「この状態で俺たちとかち合わないっていうのは、かなり難しい。試すにしても運任せになる。それよりは……」

マルクはダンジョンの奥へと目を向ける。長い直線の途中に一箇所だけ、右に曲がる道がある。そしてさらに向こうには、下へ行けそうな階段も見えた。

「この奥にまだいる、と思ったほうがいい」

それがどれだけ先かはわからないが、このままいけばいずれかち合うだろう。

しかし下手をすればすぐに、右手の通路にだって潜んでいる可能性はある。

「いえ、とりあえずそちらは大丈夫ね。気配がないもの」

ヨランダはそう断言した。彼女がそう言うのならば、大丈夫なのだろう。

「マルク、それよりもこれ……」

リュドミラがかがみ込み、死体の顔を指差す。

その顔は、死体であることを考えても、不自然な紫色をしていた。

「顔色が、おかしいんですか？」

シャルロットは首を傾げているが、マルクたちは知っていた。

これはかつてマルクたちが解決した変異事件のときと同じ。

生き物を変異させる薬があり、それに侵食されたものは、体表が紫に変色し、凶暴化する。

それはモンスターでも、人間でも同じだった。

この騎士には、変異した跡がある。

「気をつけていきましょう」

「そうだな……」

変異は凶暴化と共に、その力を引き上げる。

戦闘力のある騎士が変異したとなれば脅威だし、もしそれが《職業》持ちだとしたら……かなり大変なことになる。

マルクたちはこれまで以上に警戒し、変異した騎士たちが襲ってこないか注意しながら進む。

階段を下り、ダンジョンの第二階層へ。

そして暫く歩くと、ヨランダが声を上げた。

「まって。この先、気配がある。道の奥が開けているみたい。そこにいる」

「わかった」

ユリアナが刀を構え、前に出る。ショットガンを構えたリュドミラも同じく前へと出て、ヨランダは下がった。

マルクとシャルロットも杖を構え、臨戦態勢の五人は広場へと進む。相手もこちらの気配には、すでに気づいているようだ。

「…………っ！」

濃厚な血の匂いに、不慣れなシャルロットが息を呑む。

ギロリ、と相手の目が五人へと向いた。

日頃とは違う、爬虫類を思わせるような、温度のない目。

赤い髪はより赤く、しかし返り血で重みを増している。

全身を覆う禍々しいオーラが視認できるかのような立ち姿。

足元にある死体から引き抜かれた槍が、ごぷっ、と血を跳ねさせる。

理性を感じさせない、圧倒的な暴力の気配。

全身を真っ赤な返り血に染めた彼女は、まさにバーサーカーと呼ぶに相応しい姿だった。

《**闘気使い**》のアデル。

彼女の周りには、何人分もの、准騎士の死体が転がっていた。

六話　変異と闘気

死体に囲まれて振り向いたアデルの瞳は、理性を感じさせない冷たい目をしている。

肌の色こそ変化していないが、その様子は、彼女自身も変異した人間のように見えた。

血まみれのアデルは新たに現れたマルクたち一向に目を向けると、その槍を構え直す。

だが、マルクたちは動かない。

警戒はしつつも、こちらからは攻撃しない。

アデルが貫いていた騎士の死体は、紫色の肌をしていた。

彼女は襲われ、返り討ちにしていただけ、というのがマルクの判断だ。

それでも警戒をとけないのは、彼女の様子が尋常ではないから。

孤児院で見かけた、大雑把で不器用だが実は優しい彼女とは違うように感じられた。

体勢を整えたアデルは、マルクたちに襲いかかろうとして――。

「ぐっ――！」

突然声を上げると、自ら膝をついた。

それは動き出そうとした身体を無理矢理押さえつけたかのようで、彼女は地面に槍をつき、荒い息を吐いた。

それまでは息が上がっていなかったのだが、膝をついた途端に乱し、少し苦しそうにも見える。

「アデル、大丈夫？」

リュドミラが彼女へと駆け寄る。警戒を完全に解いたわけではないし、銃も手にしている。それもあって、マルクたちは心配げなリュドミラを止めなかった。

「あ、ああ……大丈夫だ、すまない」

駆け寄ったリュドミラに、アデルが応える。

彼女の呼吸は落ち着きつつあり、その様子には先程のような不気味さはなく、いつものアデルだった。

「闘気は一度開放すると、細かな調整がきかなくてね」

改めて立ち上がったアデルは、もういつもの彼女だった。

外はねの髪は戦闘後ということもあっていつもより乱れているし、返り血は拭えていないが、先程のような剣呑さはない。

「一体、何があったの？」

傍に行ったリュドミラが尋ねるのに合わせて、マルクたちも彼女のほうへと向かう。

「ああ。あたしは先に他の遺跡を見た後で、騎士が戻ってこないっていうこっちに来たんだ。戻ってきてないのは、あたしの第四部隊の者だったしね」

その話は、ギルドで聞いたものと一緒だ。

カインのパーティーも先に戻ってきており、再び別の遺跡を見に行っている。

「ここに潜った彼らは……まあ、カインの派閥についてた連中だ。それでもあたしが隊長だし、そう表立って仲違いしているようなことはなかったんだけど……」

そう言って、彼女は自分が倒した死体へと目を向けた。

その目には死者を悼む気持ちと、何故こんなことをしたのかわからない、という戸惑いが見えていた。

「いきなり襲いかかってきた。声をかけてもまともに反応しないし、顔色も悪かったから、毒かなにかにやられたんだろうね」

マルクは、紫に変色した死体の肌に改めて目を向ける。こうして近くで見ても、間違いない。

これは変異だ。

かつてマルクが倒した、商会の人間が開発していた薬。

モンスターや人間を凶暴にし、強力にする薬。

その薬を使うと、力を得る代わりに理性の多くが失われ、肌の色がこのような紫に変化する。

今、アデルの周りにある死体は、紛れもなくその薬の症状が出ていた。

変異を引き起こす薬については、あまり公にはなっていない。特に、それが人間にも使えることが知られれば混乱のもとになりかねない、ということで伏せられている。

だから、騎士隊長であるアデルであっても、知らなかったとしても不思議ではない。

街に変異モンスターが現れて混乱していたとき、彼女はそれに乗じて攻めてきた隣国軍を国境で相手にしていたというし、変異種自体との接点もなかっただろう。

「……彼らは変異種だろうね」

だから、はっきりと言うマルクの言葉に、アデルとシャルロットが驚きの表情を浮かべる。

ユリアナ、ヨランダ、リュドミラはマルクと共に変異種事件に関わっているので、紫色の肌を見た時点で、その可能性を考えていた。

「変異種って、あの？」

シャルロットが困惑と、どこか期待を含んだ声でマルクに尋ねる。

変異種事件は、マルクが英雄と言われるようになった事件でもある。

当時はまだドミスティアに来ておらず、そのうわさ話を聞くだけだったシャルロットにとっては、興味深い話題だった。

「ああ。だが、なんでまた……」

問題は、その薬がどこから流れているのか、だ。

「ザッカリアは、もういないはず」

リュドミラは、かつてのこの薬を作り上げ、さらなる地位と金を手に入れようともくろんでいた相手の名前を口にする。

「ドミスティアの機関で、対応としての研究はしてるはずだが……」

ザッカリア本人も技術者たちももういないため、押収した薬はドミスティア国の機関に集められ、解析が行われている。

だから、地上で事故が起こるならわかるが、ここは新たに発見されたばかりの遺跡だ。

薬がここにあるはずないし、ザッカリアが遺跡内に隠していたということもないはずだ。

「アデルは騎士団のほうで、この変異を引き起こす薬については聞いてないんだよね？」

「ああ。変異種が薬によるものだってこと自体、初めて聞いたくらいだ」

第四部隊の隊長であるアデルすら知らないこととなると、騎士団全体に行きわたっている情報ではない。ドミスティア国の組織である騎士団にすら話が回ってないのは、やはりこの薬が危険だからだろう。

「これは、ギルド経由で確認してみるしかなさそうだな」

騎士団の誰かが研究機関と繋がりを持っていて薬を持ち込んだのか、極めて近い症状を起こす何かがここにあるのか。

この場で考えても、答えが出るとは思えない。

「とりあえず離れよう。この件について報告する必要があるし、一度街へ戻ろうか」

「ああ、そうだな」

マルクの言葉に、アデルも頷く。

自身が手にかけた騎士の死体を、今度はただ悼むような目で彼女は見つめる。

変異という外的要因に侵されて襲ってきたのなら、彼らもまた被害者だったはずだ。

変異した人間はもう元には戻らないと聞いたし、襲いかかられては返り討ちにするしかなかった。

自分の選択を間違いだったとは思わないけれど、何も感じないわけではない。

「大丈夫」

そんな彼女の手を、リュドミラが握った。

「ありがとう」

アデルは短くお礼を言うと、死体を後にして歩き出す。

「ね、戦っていたときのアデル、様子が違ったけど、あなたは大丈夫なの？」

変異した人間と同じような、凶暴な様子の彼女を思い出しながら、リュドミラが尋ねた。

「ああ。あれはあたしの闘気だからな。戦闘になるとどうしてもあたり構わず暴れちゃう。だからあたしは、基本的にひとりで行動してるんだ」

それはもちろん、ひとりでいてもチームで動くのと同等以上の戦闘力があるからだ。

その上で自由に暴れるためには、他のメンバーが足手まといになる。《**闘気使い**》であり、ひとりでいたほうが結果が出せるからこそ許された特例だ。

「そうなんだ。体が平気ならいいけど」

現に、アデルはこうして戦闘が終われば意識が普通に戻っていた。変異とは違う。

変異は今のところ、薬を直接注射するか、それを混ぜた食品を摂取することで起こるとされている。

(変異種に攻撃されたときは、感染とかは大丈夫なのかな?)

変異した人間がゾンビっぽいことからの連想で、元現代人であるマルクは思った。

(いや、それなら俺ももう、変異してるはずか)

マルクは以前にも変異したモンスターと戦っており、苦戦もしていた。

しかし、それで感染したというようなことはない。

アデルの姿を見て、少し不安になっただけだった。

あのバーサーカー状態は彼女にとっては普通のことだと言うし、考えすぎだろう。

たまたま似ていただけの話だ。

どちらも理性を押さえ込み、闘争心を開放することでリミッターを外して強くなる。

そんな闘気自体が危ういものに感じられたが、それが《**職業**》によるものなら、彼女自身がそれについて詳しくわかっているはずだ。

マルクは先を行くアデルとリュドミラの後ろ姿を見ながら、遺跡を後にするのだった。

七話　リュドミラとテントの中で

遺跡を出たマルクたちは、ドミスティアへの帰り道で野営を行っていた。

もう外は暗く、消えかけた焚き火の明かりだけが周辺を微かに照らしている。

この帰り道ではアデルも同行しているため、テントはいつもより一張り多い三張りだ。

この日、マルクのテントを訪れたのはリュドミラだった。

彼女はいつものメイド服とは違う、軽装だった。

首元のゆるいシャツに、ハーフパンツ。その腰元には愛用のハンドガンが挿してある。

何かあっても、最低限反応できる動きやすい格好、というわけだ。

ほとんど安全とはいえ、野営ということで、パジャマ姿でないのは少しだけ残念ではある。

しかしある意味、普段よりもずっと防御力の低いその格好は、十分に魅力的だった。

(どのみちこの後のことを考えたら、パジャマでもよかった気はするけど)

リュドミラは慣れた様子でマルクの隣に座った。

彼女の体温と、かすかに甘い匂いを感じる。

リュドミラはそのまま、マルクにより掛かるようにして身体を預ける。

触れ合う部分から彼女の体温を感じ、マルクは肩を抱き寄せた。

リュドミラはさっそくマルクのズボンに手をかけ、彼を脱がせていく。

「今日は近くにアデルもいるから、いつもよりは控えめにしようと思うの」

ユリアナ、ヨランダ、シャルロットはマルクの制約を知っている。

それとは無関係でも交代で、時には複数人で相手をしてくれているから、これからすることについてもわかっているし、何かを言ってくることもない。

だが、成り行きで一緒になったアデルについては、こちらの事情を知らないのだ。

最中に口を出してくることはないだろうが、あまり露骨だと翌日微妙に気恥ずかしくなる。「ゆうべはおたのしみでしたね」状態だ。

そんなわけで控えめに、といったリュドミラだが、すぐにマルクを脱がせて、その肉竿へと手を這わせていた。

彼女の細い手が、まだ柔らかな肉竿を包み込んで優しく扱き上げる。

「んっ、しょっ」

ぐいぐいと胸を押しつけながら、肉竿を弄ぶ。

柔らかな胸の感触と、竿を包み込む温かさに血液が集まってくるのを感じた。

「マルクのこれ、手の中でどんどん大きくなってきてる」

嬉しそうに言った彼女は、これまでよりも少しだけ力を入れて肉竿をこすった。

勃起状態だと、それでも少し弱いくらいの力加減だ。

「硬くなって、血管が浮き出てきた」

指先だけを動かして、各所を刺激しながらリュドミラがささやく。

焦らすようなその動きはマルクの興奮を高めていく。

マルクはそのお返しをするように、彼女のシャツに手を入れる。なめらかな肌の上を手が滑り、そのまま直接乳房を揉みしだいた。

「んっ、あっ……」

柔らかく指を受け止めるおっぱいを堪能していると、リュドミラが小さく声を上げる。

マルクは立ち上がってきた乳首を摘み、くりくりと指先で転がした。

「あんっ！」

つい、大きく声を上げたリュドミラは、恥ずかしそうに顔を赤らめると、肉竿を扱く手を速くした。

「お、おい……」

「マルクも、恥ずかしい声をだしたらいいと思うの。ほらほらっ」

彼女の手は、カリの裏側を責め立てていた。

細い指が敏感なところを擦り、快感を与えてくる。

「こうやって裏側も、つーって」

裏筋の部分を指でくすぐるようになぞられて、マルクは思わず声を出しそうになった。

すでに立派になった剛直を、リュドミラは両手を使って愛撫していく。

マルクも負けじと彼女の胸を堪能し、その身体を感じさせていった。

「やんっ、ん、あぁっ！」

そして片手を下に下ろすと、下着の中へと手を滑り込ませ、彼女のそこへと触れる。

「もうずいぶん濡れてるみたいだな」

愛液に濡れた指で、その秘裂をなぞり上げながら、マルクが言った。

「ん、マルクだって、いっぱい濡れてる」

我慢汁の染み出す先端を指先でぐりぐりといじりながら、リュドミラが言った。

そして、上目遣いにマルクを見ると自らの服を脱ぎ、座ったままのマルクに、向かい合うように乗ってきた。

「ん、しょっ……」

そして腰を浮かすと、肉竿を掴んで自らの膣口へと宛がう。

すでに蜜を零していたそこに、肉竿がゆっくりと呑み込まれていった。

「あ、ふぅっ、んっ……」

小さく声を漏らしながら、彼女は蜜壺へ肉竿を受け入れていく。

やがてリュドミラが、マルクの膝にぺたんと座り込んだ。

対面座位の形で繋がると、彼女は艶っぽく息を吐く。

肉竿を熱い襞に包まれたマルクもまた、気持ち良さに吐息が漏れる。

「それじゃ、動くね」

リュドミラはまずゆっくりと腰を動かし始めた。

いつもよりも控えめに、と言っていたからか、その動きは緩やかだ。

しかし、彼女の膣内はそれでは物足りないのか、ぐにぐにと蠢いて肉竿に絡みついていた。

「んっ、はぁ……ふっ……！　あっ、んっ」

その結果、粘膜からの快感は十分にあって、リュドミラは艶めかしい声を漏らしてしまう。

すぐ近くにある彼女の顔は、気持ちよさから緩んでいる。

だが目が合うと、恥ずかしそうに背けられた。

「リュドミラの感じてる顔、もっとよく見せてくれ」

「そんな、あんっ！　恥ずかしいこと、んっ……あぁっ！」

目を背ける彼女が可愛らしくて、下から腰を突き上げてやると、嬌声を上げてびくんっと身体を震わせた。

「もうっ……いきなり何を、ひうっ！　あっ！　はぁ、んっ！　マルクっ！　あうっ、あぁっ、ダメ、だからぁっ……！」

その反応に気をよくして何度も突き上げると、その度にリュドミラは可愛い悲鳴を漏らした。

「あうっ！　ね、本当に、あぁっ！　そんなにされたら、声でちゃうからぁっ！」

マルクにしがみつくようにして、リュドミラが懇願する。

彼女の大きな胸が押しつけられ、胸元で潰れているのは気持ちいい。

また、普段はクールなリュドミラの乱れる姿というのは、男としてとてもそそるものがある。

「あぅっ、もうっ！　あぁっ！　私の中、そんなに突いたら、ひぃあああっ！」

彼女は思いっきり嬌声を上げながら、小さくイった。

「あぁっ、んっ、そんなに連続で、あぁっ！」

それでもマルクは腰を止めず、下から彼女を突いていく。

気持ち良さに力が緩むと、彼女の胸が眼の前で大きく揺れる。

それもまたマルクを興奮させ、腰使いを激しくさせていった。

「んっ、あっねぇ、これ本当に、声が、ああっ！　んっ、気持ちよすぎて漏れちゃうからぁっ、あている。

あっ、んぅぅっ！」

「確かに、これだけ声を上げてたら、他のテントにも聞こえそうだ」

「そうよ。だっていつも、んぁぁっ！」

マルクは常に交わっている側なので、他のテントにどのくらい声が漏れ聞こえているかは知らない。

しかしリュドミラのほうは、自分が相手じゃないときに、最中の声が聞こえることがあるのは知っている。

ハーレム状態を肯定しているのでとやかく言うつもりはないが、お預けを食らった状態で声を聞かされるのは、もんもんとしてしまうこともある。

ユリアナやヨランダならお互い様だからいいが、アデルは別だ。

リュドミラはそれを意識することで、かえって気持ちよさを感じてしまっていた。

「聞かれてると思うと、もっと感じちゃうのか？」

「んっ違っ……そんなヘンタイじゃ、あぁっ！」

否定するものの、すぐに嬌声を上げてしまい、説得力がない。

声を抑えようとしても、蜜壺をかき回される気持ちよさでそれは不可能だった。

「あっ、ダメっ、ん、ああっ」

「それじゃ、口を塞ごうか」

「んっ、ちゅ……んぅっ」

マルクはキスで彼女の唇を塞ぎ、そのまま腰を動かす。

両手を使って彼女の顔を固定しているので、腰を動かしても唇同士が激しくぶつかり合うことはない。

「んんっ！　んっ、んんーっ！」

塞がれた唇から、彼女の吐息が漏れてくる。

しかしこれなら、声は漏れない。

そのことに安心したのか、唇を合わせたままのリュドミラは先程までよりも素直に感じているようだった。

「んっ、んんっ！　んんんっ！　んっ、んんっ！」

塞がれた唇から荒い息を漏らす。

そしてその膣内は、艶かしく蠕動してますます肉竿に絡みついていた。

竿全体を包み込み愛撫する気持ちよさに、マルクの射精感がこみ上げてくる。

「んっ！　んんんっ！　んんっ！　んんんーーーっ！」

リュドミラが絶頂し、膣内が激しく収縮する。

ビュクッ、ドピュッ、ビュルルルルッ！

搾り取られるかのように吸い込まれながら、マルクは勢いよく射精した。

「んんんんっ！　んーっ！」

口を塞いでいなかったら、きっと大声を上げていただろう。

それだけの激しい反応で、リュドミラが感じていた。

マルクも気持ちよさに身を固くさせ、そのまま射精後の余韻に浸っていた。

「ぷはっ……」

「こんなに情熱的で長いキスは、はじめて」

落ち着いて唇を離すと、リュドミラが顔を真っ赤に染めながらそう言った。

「ちゅっ」

そして今度は短く、優しいくちづけをしてくる。

それもまた恥ずかしかったのか、彼女は顔が見えないように、マルクに強く抱きついてきた。

「……でも、マルクのこれ、硬いままなんだけど」

リュドミラはそう言うと、腰に力を入れる。

擦れると膣内がきゅっと締まって、肉竿をまた刺激した。

「ぐっ……リュドミラが可愛いことするからだろ」

「そう……じゃあ、もう一回、する？」

至近距離で見つめてくるリュドミラは、照れと期待の混じった女の顔をしていた。

「ああ、もちろんだ」

「きゃっ、もう。マルクってば」

そのまま押し倒して組み敷くと、リュドミラは呆れたような言葉を、とても嬉しそうに言ったのだった。

八話　変異と騎士団長

マルクたち五人にアデルを合わせた六人は、その結果報告で騎士団長の元を訪れていた。

最初に遺跡へ行った騎士団のメンバーが全滅という結果だったため、団長へ直接の報告を求められたのだった。

第二部隊の隊長であるカインの部屋と、雰囲気は近い。しかしより広く、より無骨だった。

また、並ぶ勲章の数も多く、その武勲を強く示されていた。

「先の部隊が戻っていないと聞き、あたしは遺跡に潜りました。モンスターの数の少なさに不信を抱きましたが、先に潜った部隊によるものであると判断し――」

アデルの説明を、大柄な髭の男性――エフモント団長が静かに聞いている。

「そこで彼らに襲われたあたしは説得を試みるも失敗。そのまま戦闘へと移行しました。彼らは日頃よりも強くなっており、あたしは闘気を開放して対抗。結果、生け捕りにはできず、すべて仕留めました」

「そうか。ご苦労」

報告を聞いたエフモントは、マルクたちに向き直る。

「そこに、マルク殿たちが駆けつけた、ということであっているな？」

「ええ、そうです。その後は、このことをいち早く報告すべき、ということで、探索を打ち切ってアデルとともに戻ってきました」

「そうか。ありがとう」

団長はそう言うと、考え込む。

最初に遺跡に潜ったのは六人。その六人が全滅したというだけでもかなりの異常事態だ。

ひとりふたり、被害が出てしまうことはある。気をつけていても、遺跡探索は危険なものだ。

特に騎士団が行うのは、まだ危険度のわからない未踏遺跡の調査。

しかしだからこそ、最低でもひとりは、情報を持って戻ってこられるようにするのが基本だ。

もちろん、危険度が不明である以上、全滅も可能性がないわけではない。

しかし、ドミスティアが発展し、騎士を調査に向かわせる制度ができてからの数十年、調査隊が全滅したことなど一度もなかった。

当然、責任者である団長は説明を求められている。他に責任を取らせる相手がいないというのもあるが、団長としての采配を疑問視する声が彼の上——つまりドミスティアの議会から出ていた。

「それで、彼らの肌が紫になっていた、と」

「ええ。おそらく変異種になっていたのでしょう」

「そうか……」

マルクの言葉に、エフモントは苦しげに呟いた。変異種について、団長である彼はアデルよりも詳しく知っている。

弱いモンスターでさえ脅威に変えてしまう変異。今回は《**闘気使い**》のアデルが対処したし、六人同時の戦闘でなかったことから撃退できたようだが、普通の兵士ではこうはいかないだろう。

アデルは孤児院の出ながら十代後半で隊長になるほどの、規格外の逸材だ。

今回だって、アデルが向かったからこそ深刻化せず、新たな被害もなく対処できた。

これが普通の部隊だったら、変異した騎士団に返り討ちにあっていただろう。

同じく《職業》持ちのカインでも変異した騎士を倒せただろうが、彼は通常の准騎士を連れているので、守りきれず被害が出たかもしれない。

《職業》持ちでない第三部隊の隊長が当たっていれば、彼らはなんとか撤退してくるだろうが、変異した騎士は倒せず、野放しになっていただろう。

そういう意味では、アデルが向かったのは最適だった。不幸中の幸いと言っていい。

「アデル、よくやってくれた。おかげで変異した騎士は倒され、被害は止まった。遺跡は封鎖し、調査についてはまた行うが、そのときも手を借りるだろう。それに備えひとまず休んでいてくれ」

「はっ。ですがあたしはまだすぐにやれます。……それに、動いていたほうが落ち着くので」

「そうか……どのみち方針の決定にも時間はかかるだろう。再行動は、任せる」

「はっ」

アデルの意見を、エフモントはあっさりと受け入れた。

それは彼女に対する信頼であったし、彼女の事情を知っているがゆえでもあった。

「マルク殿、ユリアナ殿、ヨランダ殿、リュドミラ殿、シャルロット殿。本当にありがとう。本来騎士団の我々がしなければならないことに協力してもらい、感謝している。変異のこともそうだ。君たちがいなければ、我々の対応はもっと遅くなっていただろう」

変異について詳しく知っている人間は多くない。

今回の件だって、アデルひとりであれば准騎士たちの不可解な暴走、というところ止まりだった。

マルクたちがいたからこそ、紫色の肌を見てすぐ、変異種だということが判明したのだ。

「これからもよろしく頼む。やはりマルク殿は素晴らしい英雄だ」

「いえ、そんな」

マルクはそう言って謙遜するが、エフモントの目は信頼に満ちている。

「マルク殿たちはもう自由にしてくれていいが、また何か頼むことがあるかもしれない。そのときは力を貸してくれると助かる」

「ええ。努力します」

マルクとしても、騎士団内の派閥には関わりたくないが、街の危機であれば見捨てられない。

それにリュドミラほどではないせよ、アデルを心配する気持ちもある。

孤児院での様子や、今回一緒に帰ってくる間も話したことで、好意的な知り合いになってしまった。

(英雄なんてのは、柄じゃないけどな)

そう思いながら、マルクたちは団長の部屋を後にしたのだった。

†

マルクたちが去った後、エフモントは低く唸った。

准騎士たちの変異。アデルは知らないことだが、エフモントのほうには心当たりがある。

ザッカリアが起こした変異種事件。

巷ではモンスターを凶暴化させる薬、という認識だ。

それも間違ってはいない。変異薬は対象を強化して凶暴化させる。

だが、それはそもそも何のためなのか。

あの薬は「より強力で扱いやすい兵士」を作るために開発されていたものだ。

意識を奪い、命令に忠実に動かすため。

そして身体を強化し、さらにリミッターを外すことで本来以上の力を出せるように。

モンスターに投与していたのは、その実験段階に過ぎない。

そして人間への投与を始めた段階で、ザッカリアはそれを手土産に隣国へと渡ろうとした。

結果、マルクたちの活躍で阻止され、技術者やザッカリアは死に、研究結果の一部は失われた。

しかし、薬の実物と変異に対する特効薬は残された。

それを解明すれば、実験を続けるのは不可能ではない。そこで、変異薬を研究する期間が設立された。

表向きは変異事件の再発を防ぐため。特効薬の解明と量産、というお題目を掲げている。

本当の目的は変異薬――それを使った変異兵の実用化だ。

「今回、薬を使われたのは準騎士たち……」

騎士団もまた、研究機関と同じドミスティアの組織だ。実験にあたって、本来団長であるエフモントの頭を飛び越えるのはありえないことだが、被害者が騎士なら何か問題が起こっても、もみ消しやすい関係でもある。

「今回やられたのは、第四部隊か」

第四部隊はアデルの隊だ。だからこそ戻ってこない彼らをアデルが迎えにいったというのが普通のところだ。しかし、そもそもアデルが変異薬を持ち出して、彼らに使ったとしても筋は通る。

「しかし今のアデルに、手柄を求める理由はない」

彼女は出世を狙っているわけではないだろう、というのがエフモントの見解だった。

その著しい勢いから、次期団長候補なのではという声が上がり、彼女の周りに人が集まっているのは知っている。

実際にアデルが本気で乗り出せば、出自の問題を除けば、候補としては十分だとも思う。

しかし、彼女が求めているのは地位ではない。

無茶にも思える突撃、《職業》を理由にした単独行動。

今も、休むより動いていたいと話すほどの仕事ぶり。

彼女はその過去から、もっと強くなることを求めているのだろう。

自分を罰しているかのようなバーサーカーっぷりは、どこまでも強くなることを望む結果だ。

「そして変異薬は、新たな力を与えうるものだ」

彼女が騎士団にいるのも、それが力と守りの象徴だから。

それを考えると、アデルが変異薬に一切興味を持たないとは、言い切れないところだった。

「ともあれ、まずは機関のほうへ向かうか」

機関が誰かをそそのかして行わせたのか、あるいは薬が盗まれてそれを隠蔽していたのか。

どちらにせよ話を聞かなければならない。

とがめる理由は十分。正式に書類を出すよりも、不意打ちで訪れればボロを出しやすいだろう。

エフモントは研究機関へと足を向けたのだった。

九話　疑惑

エフモント団長への報告を終えた後で、マルクは待ち構えていたカインに声をかけられ、彼の部屋に呼ばれていた。

騎士団への報告は済んでいるし、内部での派閥争いに巻き込まれるつもりはない。

そう思ったマルクだったが、アデルについての話と聞いて顔を出すことにした。

アデルが気になるところではあるし、何よりリュドミラが聞きたそうだったから。

以前と同じカインの執務室。勲章の数は増えていない。

「ありがとう。わざわざマルク殿にきてもらったのは、アデルについて聞きたいことと、お話しておきたいことがあったからなのだ」

カインは自信に満ちた表情で、マルクを見た。

一度は断ったものの、カインはマルクの勧誘を諦めていない。

それをやや面倒には感じているものの、今はアデルの情報を優先したい。

「それは、どんな？」

マルクは先を促す。

「アデルの戦闘スタイルは知っているか？」

「ええ。一度見た程度ですが」

闘気を纏って戦っていた彼女は、まさにバーサーカーと呼ぶに相応しい姿だった。

実際、制御が難しいからこそひとりで戦っている、とアデルは話していたのだ。

「彼女の戦闘スタイルはかなり独特だ。民を守る戦い方ができない彼女はそもそも騎士にふさわしくないと言う者もいたが、それはひとまず置いておいて、だ」

何かにつけてはアデルと差をつけようとするカインに半ば感心し、半ば呆れつつ、マルクは無言で先を促した。

「彼女の戦い方は極めて危険だ。とはいえ、彼女が騎士団でも有数の強者なのも事実。それこそ、ひとりで戦ったほうがずっと強いのだからね」

「そうですね」

相槌をうちながら、内心ではどういう話なのだろうか、と考える。

「連携が取れないのはやや痛いところだが、騎士が強いのはいいことだ……とこれまでは思っていた」

「これまでは？」

カインはしかつめらしい顔で頷く。

「ああ。だが、今回変異した人間の話を聞いて、気になることがあってね」

「気になること、ですか」

「アデルの戦い方を、今までは《**闘気使い**》特有のものだと思っていた。他に《**闘気使い**》を見たことがなく、比較対象がいないということもある」

「ええ」

《**闘気使い**》はかなりのレア《**職業**》だ。マルクも、アデルを見たのが初めてだった。

「変異した人間の特徴と、アデルの戦う姿、似ているとは思わないか？」

「…………」

マルクは何も答えなかった。

確かに、アデルの闘気は戦闘力が大きく上がることや、狂乱状態になるところなど、変異と近い特徴がある。

とはいえ、一度理性を失うに至ったらもう戻れない変異とは違い、アデルは戦闘が終わればいつもどおりだった。

闘気を使わなければ、普通に連携して戦うこともできる。

「これまではただ、出世を競うライバルだと思っていた。自分の出世という点では困るものの、一騎士として、一市民としてみれば、彼女の活躍はとても頼もしく、素晴らしいものだった」

そういうカインの口ぶりは、どこかアピールめいたものを感じさせる。

「しかし、どうだろう」

彼はそこで、殊さらに嘆いているかのように視線を伏せた。

「変異した人間とそっくりの戦闘スタイル。そして今回変異したのは、彼女の隊である第四部隊。そもそも彼女はほんとうに正気なのか？」

カインはそこで、何かを確認するかのようにマルクを見た。

しかし特に反応を見せないマルクにがっかりすると、言葉を続ける。

「彼女はすでに変異しているのではないか。今回の件も、彼女が大きく関わっているのではないだろうか？」

カインは熱っぽく言葉を続ける。

「そうであれば、もうライバルなどと言ってはいられない！　彼女が再び変異事件を引き起こそうとしているのだとしたら、なんとしても止めなければならない！　マルク殿も思いませんか？　彼女は新たな変異に関わっている！」

「……いえ、アデルは変異に関わっていないと思いますよ。闘気と変異は別ですし、少なくとも今回の変異事件に関わっているとは思えません」

「何故!?　彼女は明らかに怪しいじゃないか！」

マルクは無言で、カインを見つめる。

彼がただわかりやすい結論に飛びついているだけなのか、それとも別のなにかなのか。

だが、カインとは接点が薄く、その真相を表情から読むことはできない。

「変異した人間が倒された後、彼女と一緒に戻ってきましたが、怪しい様子はありませんでした」

「それは……マルク殿に疑われないように、予め準備していたのでしょう」

「いえ、アデルにとって俺たちの探索は想定外だったはずです。彼女より後に、あの遺跡を訪れたのですから」

本来なら騎士団の希望によっては、マルクたちは違う遺跡に行っていてもおかしくなかった。

もし、アデルが準備をした上でマルクたちに姿を見せていたのなら、内通者としてはリュドミラが関わっていることになるだろうか。

それはありえないことだった。

リュドミラがもし、何かしらの状況からアデルを助けたいと思って企みに加担するなら、マルクたちにも正直に話してくれるはずだからだ。

「……そうか。いや、まあアデルを犯人に仕立て上げたいわけではないからな。他ならぬ変異についてマルク殿が違うと言うのなら、一度保留にしておくということでいい。ただ、個人的にはアデルが怪しいと思うし、警戒はしておくつもりだ」

「ええ。俺はアデルが犯人だとは思いませんが、この件に犯人がいることは事実なので、警戒しておくのはいいことだと思います」

マルクは無難なことを言って、軽く挨拶を済ませると、カインの部屋を後にした。

(アデルが怪しい、ね)

カインの言うことにも実は一理ある。

アデルの闘気は変異に近い性質に見えることもあるし、実際に変異したのが第四部隊だというのもたしかに怪しい。

(ただ、ちょっとあからさまな気もするよな)

予め準備していたと言うには……と考えて、マルクはそれを打ち切った。

今のところ、証拠などないのだ。

騎士団でもないマルクが、安易に事件そのものに首を突っ込むべき問題ではない。

自分は自由な探索者なのだ。国家に関わる事件は荷が重い。それは前回で十分わかっている。

そう結論づけて、マルクは騎士団の詰所を後にしたのだった。

十話　悪夢とロザリオ

マルクが部屋を去った後、カインは難しい顔で考え込んでいた。

起きた出来事を考えれば、アデルが怪しいのは明らかだ。

そしてこれがアデルの仕業であれば、自分の障害が一つ消えてなくなる。

カインとしては、今回の変異兵についてアデルのせいだと「発覚」してくれるのが理想だった。

事件の当事者だったマルクの賛同が得られればそれも一気に進むと思ったのだが、何を思ったのか彼はアデルのせいではないと言った。

（むしろ……なにか、知っているのか？）

カインは首を傾げる。

先の事件の解決者ということもあって、マルクは変異について詳しい。

その彼がなにか、変異について自分以上に、重要なことを知っているとしたら……。

より深く悩むカインの元へ、部下が小走りに近づいてきた。

「隊長、エフモント団長が変異の研究をしていた機関に確認をとっているそうです」

「団長が……まあ、そうだろうな」

カインはひとりで納得してうなずく。

兵士が変異に侵されていた――マルクの助言でそれが発覚したのなら、担当する場所に連絡するのは当たり前だ。

変異を引き起こす薬は、今やそこにしかない。

ザッカリアに関わっていたもので、もしかしたらその製法を持ち出している者がいるのかもしれないが、カインも団長のエフモントも、そういった存在については聞いていない。

ドミスティア全体の公式見解として、もう変異薬は研究機関にしかない。

つまり、今回のように変異した人間が出れば、それは機関から薬が盗まれたか、それとも誰かが持ち出したかだ。

変異薬は危険な代物だ。人やモンスターを強力に、凶暴にしてしまう。

変異した人やモンスターは、同じく変異した仲間以外を手当たり次第に襲っていくので、被害が広がりやすい。

だが、変異には特効薬がある。薬というよりは猛毒だが。

変異した対象は、その薬に触れるだけで崩壊してしまう。どれだけ凶暴、強力になっていても、薬をわずかに浴びるだけで終わりだ。

だからこそ、ドミスティアの機関も比較的安心して変異薬の実験ができるのだ。

暴走しそうになれば、すぐに特効薬を使えばいい。

それはつまり、苦労して変異薬を盗み出しても、ドミスティアに大きな混乱を招くことはできない、ということでもある。

そのことは変異に詳しい者――研究機関やドミスティアの上層部、騎士団長であるエフモントなら知っていることだった。当然、その情報源のマルクも知っているだろう。

本来の正規ルートでは伝えられていないカインも、独自の伝手でそのことは知っていた。

そしてもう一つ、研究機関には二つのグループがあると聞いている。

スに考え、変異薬には否定的な一派。もう片方は、変異薬を改良したうえで変異兵を生み出そうとしている……という話を。

現在のパワーバランスとしては、特効薬作成派のほうが強い。しかし、ドミスティア議会でも新進気鋭の議員が変異兵派ということがあり、何かがあれば一気にひっくり返る気配はあった。

「アデルの資質が変異に近いのは確かだ」

彼女が政治や謀に向いているとは、カインも思っていない。周りの評価だって同じようなものだろう。彼女が何かを首謀し、根回しし、暗躍するなんて言ったところで説得力はない。

「だが、さらなる力を求めるうちに、誰かに利用されることはあるかもしれない」

カインはそう呟くと、部下とともにこれからのことを考えるのだった。

　　　　　†

「ああっ！」

自室で、ベッドに寝ていたアデルがばっと身を起こした。

なんだか、ひどい悪夢を見ていた気がする。

夢の内容は詳しく思い出せないが、その恐怖だけが起きた後もまとわりついているような気がした。

深呼吸をして、アデルはベッドから降りる。

悪夢のせいか寝汗がひどく、少し気持ち悪い。

寝間着にしているタンクトップも汗を吸って張りついている。

その胸元を広げて風を送り込むと、押さえるもののない胸が大きく揺れる。

谷間にも汗が流れており、彼女はバスルームへと向かった。

騎士団の隊長階級である彼女は、収入もそれなりにある。

暮らしている部屋も、ひとり暮らしにしてはやや大きめだ。

しかし、物はさほど多くない。

何振りかある槍がスペースを取っているものの、そのくらいだ。

あとはベッドやタンス、テーブルと最低限の調度があるだけ。

脱衣所に入った彼女は、すぐにタンクトップを脱ぎ捨てて足下のカゴに放った。

開放された巨乳が揺れる。汗でしっとりと湿ったところに、風が流れて気持ちよかった。

最近は悪夢を見ることが多い。

元々、夢見のいいほうではなかったが、ここのところは特にだ。

アデルはショートパンツも脱ぎ捨てると、最後の一枚である下着に手をかける。

引き締まったお尻、鍛えられた腿へと下着が降りていき、彼女の足から抜ける。

首に掛かり、今は谷間に埋もれているロザリオだけは外さず、あとは一糸まとわぬ姿になった彼女がそのままバスルームへと入っていった。

鏡に写るのはやや不機嫌な美貌と、その身体。

大きな胸はとても柔らかそうだが、その下にあるお腹は引き締まっており、薄っすらと腹筋が割れているようにも見える。

元々、アデルは筋肉がつきやすいほうではなかった。だから腹筋もかすかにわかる程度で、全体的には女性らしく柔らかな身体をしている。

高い戦闘力もほとんどは闘気によるものだ。

といっても《**職業**》持ちは基本的に誰でも、その能力に頼ることになる。

それでもアデルが身体を鍛えていたのは、強くありたい、と思ったからだ。

実際のところ、《**魔術師**》が魔術を使わなくてもそれなりに強いのと同様に、闘気を使わずとも最低限の身体能力強化は得られている。だから、体を鍛えるのは、彼女自身の心に働きかける意味が強い。

自分は強くあろうとしている。これだけの体を手に入れている。そう確認するための根拠。

アデルはレバーをひねり、シャワーを使い始める。

彼女の身体に流れるお湯が、その肌に弾かれていった。

お湯は深い谷間の中にも入り込み、滲んだ汗を流していく。

心地よいシャワーを浴びながら、アデルは考えていた。

悪夢の原因はいくつかある。

一つは、《**闘気使い**》であること。

闘気はその強い力と引き換えに、使う度に彼女の精神を蝕んでいく。

戦闘中に理性を失う——過度の興奮状態で戦闘が楽しくて仕方なくなる——のは最初からだが、使っていくにつれて戻るのに時間がかかったり、体力を使うようになっていた。

これは制約にも関わることで、彼女自身、大まかな感覚として危険の把握はできている。

どのくらいの時間なら大丈夫、どのくらいの回数なら大丈夫。

それを守って、戻ってこられなくなる前にいつも引き返している。

だが、最近ではだんだんとそれ自体が難しくなってきていた。

自らを追い込むように戦闘へ飛び込み、何度もそこに身を置いてきたからだ。

闘気に依存するほど、狂気に引き込まれやすくなっていく。

理由のもう一つは、遺跡で戦った変異兵だろう。

彼らは第四部隊、アデルの隊の者だった。

それは配置の問題であって、彼ら自身はアデルよりもカインに懐いているようだった。

カインは騎士団でも出世頭だし、今のうちからゴマをすっておくのも、まあ必要なことなんだろうと納得している。

問題は、その変異兵と自分の戦闘スタイルが近い、と言われたことだ。

そして、アデル自身、そう感じて否定できなかったこと。

闘気に呑まれつつあることを自覚しているアデルにしてみれば、あの変異兵たちは自分の成れの果てにも思えた。

湯気で曇ったガラスを手で擦り、自分の姿を確認する。

肌は白い。膨らんだ胸も、薄っすらと割れたお腹も、引き締まった足も、紫にはなっていない。

そのことに安心し、闘気を使うことを恐れつつある自分を抑えるようにロザリオを握りしめた。

「あたしは、強くならなきゃ……」

十二話　ヨランダの手ほどき

変異の件は、騎士団やドミスティア議会の管轄だ。

変異事件の英雄であるマルクなら、積極的に首を突っ込もうと思えば可能だっただろうが、そのために必要な権力側の相手との調整、それに伴う勢力争いに巻き込まれるのは嫌だった。

あくまで自分は一探索者。

特に最近は探索者として復帰したばかりで、新しい遺跡に潜っているのが楽しかった。

シャルロットたちと一緒に遺跡に入っては、発掘品やモンスター素材を持って帰ってきている。

今も数日間の探索を終え、帰ってきたところだった。

久々にゆっくりとお風呂に入ったマルクが自室でくつろいでいると、ドアがノックされる。

声を掛けると、入ってきたのはヨランダとシャルロットのふたりだった。

「珍しい組み合わせだね」

シャルロットの修行期間にはヨランダが不在だったため、そう感じるのだろう。

最近は同じパーティーで探索しているので、仲良くなっていてもおかしくない。

「はいっ、今日はヨランダさんに、いろいろ教えてもらおうと思いまして」

「いろいろ……？」

思わず問いかけたマルクだが、夜に部屋を来てすることなどだいたい決まっている。

「はいっ、もっと師匠を気持ちよくできるように、ですっ！」

シャルロットは両手の拳をぐっと握りながら、元気に言った。

今でも十分気持ちいいけど、と思ったマルクだったが、そのやる気を見て言葉を呑み込む。

「だからお姉さんが、いろいろ教えてあげようと思って、ね？」

そう言って妖艶に微笑むヨランダが、マルクの視線を受け、自らの胸を持ち上げて揺らした。

彼女の爆乳が柔らかそうに形を変えて、マルクを誘惑する。

「ね？　いいでしょ？」

「ああ」

マルクとしては、何の問題もない。気持ちよくしてくれるなら大歓迎だ。

「頑張るのですっ」

気合を入れたシャルロットの後ろに、ヨランダが回り込む。

「じゃあ、今日はこれを使ってマルクを気持ちよくしよっか」

「ひゃうっ」

ヨランダは後ろから、シャルロットの胸を両手で持ち上げた。

小柄な彼女には不釣り合いなその爆乳を、ヨランダの指がふにふにと弄り回す。

美女が美少女の胸を揉んでいる姿は、なかなかに眼福だな、とマルクは思った。

ヨランダの指で形を変えた柔肉は、とてもいやらしい。

「んっ、ヨランダさんっ、あっ」

身を捩《よじ》る度にシャルロットの服は乱れ、はだけていく。

その姿を見ているだけで、マルクのそこは反応を始め膨らんできた。

それを確認したヨランダは、シャルロットの胸をはだけさせると、自らの胸も露出した。

ぶるんっ、とボリューム感あるおっぱいが揺れ、マルクの目を引き寄せる。

「さ、シャルロットもこっちに、胸を使って、マルクを気持ちよくするからね」

そう言ったヨランダはマルクの足元にかがみ込むと、ズボンと下着に手をかける。

協力したマルクはすぐに服を剥ぎ取られ、その剛直を露にした。

「もうこんなに大きくして、マルクはエッチなんだから」

嬉しそうに言ったヨランダが肉竿を軽くしごいた。

その間にシャルロットも近づき、マルクの足元へしゃがむ。

「まずは濡らしておかないとね。ぺろっ」

「ぐっ」

いきなり舐め上げられて、驚きと気持ちよさに声を上げたマルクを、ヨランダは楽しそうに見つめた。そしてそのまま唾液で肉棒を汚していくと、胸を持ち上げる。

「そしたらこうやって、おっぱいでおちんちんを包み込むの」

「はいっ」

シャルロットも元気よく答えて、肉竿へ胸を寄せてきた。

マルクの剛直は四つの乳房に包み込まれる。

ふわふわの胸に包み込まれると、じんわりとした気持ちよさが伝わってくる。

「最初はゆっくり、こうやってもにゅもにゅって」

「こうですか？　ん、しょっ」

ヨランダは自らの胸を軽く圧迫する。

その力は包まれている肉竿に伝わり、むにゅむにゅと押し込んでくる。

それを真似したシャルロットの胸もくにゅくにゅと押しつけられ、マルクの肉竿はおっぱいの中でもみくちゃにされていった。

「んっ、師匠のが胸の中でニュルニュル動いてます」

「こうやって押しつけてるだけでも、気持ちいいみたいだからね」

「あぁ……すごくいいよ」

美女ふたりの胸に包まれていること自体も、もちろん気持ちいい。

それに加えて、ヨランダからエッチを学ぶ……ということでシャルロットが熱心に観察しているのも、なんだか倒錯的だった。

幼く見える彼女が性的なことに興味津々な姿は、いけないことをしているような気にさせる。

「あんっ、師匠、中でぴくんってしました」

嬉しそうに言ったシャルロットが、さらにぐいぐいと胸を押しつけて、中の肉竿を確かめようとする。

「んっ、じゃあ次は、上下に動かしてみよっか」

「はいっ。えいえいっ」

ゆっくりと動かすヨランダに対して、元気なシャルロットは勢いよく擦り上げていく。

すでに唾液で濡らされているので、擦られても痛みはない。

むにゅ、ぬぷっ、とおっぱいに埋もれた肉竿が弄ばれる。

速度の違う動きが、不規則な刺激になってマルクを襲っていた。

「ん、しょっ！　こうやってると、あんっ、大きくなった先っぽが、はみ出してる」

「ふあぁっ、師匠の、すごいです」

彼女たちの爆乳に擦られ、亀頭が顔を覗かせる。

ふたりの視線がはみ出たそこに集中しているのを見て、マルクは恥ずかしいような、誇らしいような気持ちになる。

ふたりに見つめられるのは不思議な感じだ。

そう思っていると、精液が登ってくるのを感じた。

「ぐっ、そろそろ」

「それじゃ、私ももっと速くするね、しょっ、えいっ」

「んっ、私も速くするのですっ、んっ」

ふたりのパイズリは速度を増し、マルクの肉竿を擦り上げていく。

しゅっ、じゅるっ、にちゅっとしごき上げられると、マルクのそこから勢いよく精液が吹き出した。

「わぁっ、マルク、いっぱい出たね」

「あふぅっ、すごいです師匠、熱いのがたくさん……」

ふたりの魅力的な顔と胸に、精液が降り注ぐ。

ふたり分の胸で締めつけられていたためか、いつも以上に勢いよく飛んだ気がした。

「んっ、相変わらず元気ね」

「濃いのがこんなに、はうっ」

パイズリの時点で興奮していたふたりだが、精液を浴びたことでメスとしての昂りが抑えきれなくなってしまったようだ。それを感じ取ったマルクは、今度は自分の番だとばかりに言った。

「ふたりともベッドに上がって、お尻をこっちに突き出してくれ」

「うんっ」

「はいっ」

ふたりは勢いよく応えると、すばやく動いた。

ベッドのうえで四つん這いになり、お尻をマルクのほうへと差し出す。

彼女たちのそこはもうかなり濡れており、準備ができているようだった。

これならすぐに入れても大丈夫そうだな、と思ったマルクは、まずヨランダの腰を掴んだ。

「ヨランダが教える側だったよね。じゃあ、シャルによく見せてあげなきゃね！」

「ひうっ！　あっ、んはぁあっ！」

そして一気に挿入する。

物欲しそうにしていた膣道を勢いよく通り抜け、その奥を突く。

そのとき襞《ひだ》を盛大に擦り上げられて、ヨランダは快楽に姿勢を崩しかけた。

「あっ、ふっ、ん……そんなに勢いよくされたらぁっ……」

ヨランダの声が蕩けている。

彼女はお姉さんぶることが多いが、こういうときの声は普段より幼さを感じさせる。

乱れる前の妖艶さもいいんだけどね、と思いながら、マルクはさらに激しく腰を振っていった。

「あっ、やっ、んっ！　マルク、激しっ、あぁぁぁっ！」

「ぐっ、ほら、どんな感じになってるのか、ちゃんとシャルに教えてあげないと」

「ひゃうっ！　あんっ！　あっ、中で、グリグリきてて、んはぁっ！　私のヒダヒダを硬いのが、んふぅぅっ！」

「はぅ……」

乱れるヨランダを見ていたシャルロットが、顔を赤くして息を吐いた。

羨ましさと期待が彼女のアソコをきゅんきゅんとさせる。

そんなシャルロットの様子を見ながら、マルクはヨランダの奥を責めていく。

「ひゃうっ！　あっあっ！　ダメっ、うあぁぁぁっ！　もうっ、イク、イクイクッ！　イッ クゥウウウウっ！」

ビン！　と背中を仰け反らせて、ヨランダが絶頂した。

ガクガクと身体が震え、彼女は姿勢を崩す。

今度はマルクもその動きに従い、ひくつく膣内から肉竿を引き抜くと、そのまま彼女を寝かせた。

「師匠……ごくっ」

振り向いたシャルロットは、愛液でテラテラと光るマルクの肉竿を見て、つばを飲み込んだ。

マルクはゆっくり彼女に近づくと、その膣口に剛直の先端を当てた。

「ひゃうぅぅっ！」

そして、ぐっと力を入れると一気に腰を突き入れる。

ヨランダの行為を見てすでに興奮していたシャルロットの、幼いながらもオスを迎え入れようとした子宮口に肉竿が届く。

「ひうっ！　あっ、それっ、ああっ！　奥、すごいのですっ！」

プリプリとした子宮口を擦り上げると、シャルロットはあられもない嬌声を上げる。

じゅぶっ、じゅぼっ、ずちゅっ！

蜜壺をかき回しながら、肉竿が彼女の中を蹂躙していく。

「あっあっ、師匠ぉ……んはぁっ！　あっ、ふぁぁっ！」

ヨランダ、シャルロットと連続で膣襞の抱擁を受け、マルクの射精欲も高まっている。

ラストスパートで、これまでよりも勢いよく腰を打ちつけた。

亀頭部分が子宮口をぬりゅっとかき分け、そこを広げる。

「ひゃううぅっ！　あぁっ、もう、もうっ！　イッちゃいますっ！　あっあっ！　らめっ、ひゃうぅぅうううぅっ！」

ドピュッ！　ビュク、ビュルルルルッ！

「あぁあああっ！　奥、奥に、熱いのきてますっ！　濃いのがいっぱい、いっぱいびゅーびゅーって！」

最奥で射精すると、その勢いにシャルロットが喘ぐ。

精液を注ぎ終えると、マルクはゆっくりと肉竿を引き抜いた。

「あふぅ……」

シャルロットも、ヨランダと同じように力を抜いてベッドへと倒れ込む。

マルクも体力をけっこう使ってしまったので、ふたりの間に寝そべると、両側の彼女たちをぎゅっと抱き寄せたのだった。

十二話　アデルの過去

その孤児院は町の外れにあった。

孤児院の裏手側には畑があり、そこで穀物や野菜を育てている。

耕すのが主に子どもたちであるため、あまり広くできないということもあるが、それなりに安定した収穫ができていた。

建物は古くなりつつも堅牢で、くたびれた外観からは意外なほど、中は老朽化していない。

年期を感じさせるのは仕方ないことだが、綺麗に使われている。ただ壁のあちこちに、掃除してもなお消えない落書きがうっすらと残ってはいるが。

何年にも渡り、様々な子たちがいたずら書きをしては、そのときの神父やシスターに怒られて自らの手で綺麗にしてきたのだ。

そんな家の中をまだ幼いアデルが歩いていると、窓辺に立った神父が町を見ていた。

森に面した、なだらかな丘の上にある孤児院からは、離れた町を見下ろすことができる。

「神父さま、お外に行きたいの？」

神父は元々、外にいることが多い人だった。けれど今は、ほとんどこの孤児院の中にいる。

それは自分たちがいるからだ、ということ知っていたアデルは、心配げにそう尋ねた。

幼いアデルが声を掛けると、神父は窓から彼女へと目を移した。

そして彼女の不安を感じ取ると、柔らかな笑みを浮かべて首を横に振った。

「いいえ。雨がふりそうだな、と思っていただけですよ」

そう言って安心させるように、アデルの頭を優しく撫でる。

親指と人差し指がない、大きな手に撫でられて、アデルは気持ちよさそうに目を細めた。

この神父は元探索者で、遺跡に潜って暮らしていた。

それなりの実績を重ねていたが、ある日遺跡内で強力なモンスターに遭遇して指を失った。

同時に左足にも後遺症が残り、戦闘力が落ちたことで探索者を引退していた。

探索者こそが向いている仕事だと思っていたため落ち込んでいた彼を、当時のシスターが導き、この孤児院へと呼んだのだ。

剣を失った彼はシスターの導きもあり、不器用ながらも孤児院で暮らすことになる。

元気な子どもたちに振り回されていくうちに、彼の顔にも笑顔が戻り、穏やかになっていった。

神父としての勉強をして資格を貰い、そしてシスターが亡くなった後、彼はそのままこの孤児院の長として子どもたちに向き合っているのだった。

アデルが心配するようなことは、なにもないのだ。

確かに当初は、探索者への未練が捨てきれなかった。指を失い、足が思うように動かなくなっても、リハビリを行って探索者に戻れるかもしれないと考えていた。

若さもあっただろうが、なまじ力が残っていたことで現実を受け入れるまでに時間を要した。

しかしそれも過去のこと。シスターの導きと子どもたちとの時間が、彼を癒し、変えていった。

今ではこうして孤児院で暮らし、子どもたちの成長を見守るのが彼の天職だった。

神父はもう一度だけ、ちらりと町へ目を向ける。

外へ出たい、とは思わない。

しかし町の流れが孤児院に大きく関わってくるのは事実。

最近、この町はあまり状況が良くなかった。元々そう裕福だったわけでもないが、最近はさらに陰りが見え、町全体がどこかどんよりとしている。

それは近くにあった遺跡が探索しつくされ、探索者が少なくなっていることと大いに関係しているだろう。

遺跡は経済を回す要だ。探索者は発掘品を求め遺跡に入る。

その発掘品を買うために商人が訪れる。人が増えれば経済は潤い、町には活気があふれる。

この世界は遺跡を中心にできているのだ。

それは発掘品の一部が、今では作り出せないオーバーテクノロジー、ロストテクノロジーであることに大きく関わっている。新たな遺跡が見つかるだけで、その町は発展していく。

しかし反対に、遺跡が寂れると町も寂れていく。

この町はまさに、その危機に瀕していた。

町全体に余裕がなくなると、孤児院や教会、福祉の部分にも影響が出てくる。

思いやりや同情は、自分に余裕があるから生まれてくるものだ。

怪しい雲行きを感じながら、しかし子どもたちには暗い姿など見せぬよう、神父は笑みを浮かべて業務に戻っていくのだった。

「モンスターだ！」

その声は雨の音を切り裂いて響き渡った。

雨天のため外で遊べない、どこか気だるげな昼間に、突然緊張が走る。

アデルを含め、孤児院の中で遊んでいた子どもたちも、身を固くした。

神父がすばやく声のほうへ駆けていくと、少年を抱えてすぐに戻ってくる。

そして子どもたちに声をかけた。

「皆さん、すぐに町のほうへ逃げて下さい！　年長者は小さい子たちの面倒を見ながら、とにかく町へ向かって、モンスターが出たことを伝えて下さい」

「神父さまは？」

子どもたちの声に、神父は剣を取り出す。久方ぶりに抜かれた剣だが、輝きを失ってはいなかった。

「元探索者の私が食い止めます。しかし、数が多い。全ては無理でしょう。だから一刻も早く町のほうへ」

「はいっ！」

子どもたちが頷いて走り出す。

それを見送った神父は外へ出て、モンスターたちと対峙した。

剣を抜いた彼を見て、モンスターが警戒しながら集まってくる。

先程確認したオオカミ型が七頭。

獲物を見つけたモンスターが、よだれを垂らしながら彼へと迫る。

降り注ぐ雨で、地面はわずかにぬかるんでいた。

雨で視界が悪くなるのが、神父としては厳しいところだった。

匂いも探りにくくなるから、条件としては対等なのだろうか、と遺跡の中では出会わなかったシチュエーションに神父は頭を働かせる。

「そもそも、ひとりでこんな数のモンスターと対峙すること自体、ありませんでしたからね」

探索はパーティーで行うのが基本だ。

この神父にも、仲間がいた。しかし今は自分ひとりで、子どもたちを守らないといけない。

神父は左手で剣を構える。

元は右利きだったが、義指の右手では剣を握ることはできず、まともに振るえない。

指を失った直後は、躍起になって左手で剣を振るう練習をしていたものだが、こんな形で役に立つとは思わなかった。

「とはいえ、所詮は付け焼き刃……」

このオオカミ型モンスター七頭を倒すのはおそらく不可能だ。

だから一秒でも長くモンスターを食い止め、子どもたちが逃げる時間を作る。

そのためには無理に攻め込むよりも、この七頭をなるべくひきつけておく必要がある。一頭に集中せず、あちこちにちょっかいを掛ける。

危険は大きいが、やらなければならない。神父は一歩目を踏み込み、剣を振るった。

「ガウッ！」

それに反応し、モンスターも動く。

振るわれた爪を弾くと、それに合わせて噛みつこうとしてきたモンスターもいなす。

思った以上に身体は動く。少なくとも即座にやられるなんてことは避けられそうだ。

神父は七頭に取り囲まれながら、順番にモンスターの攻撃を受け流し、時間稼ぎをしていく。

これならば、と思いかけたそのとき、さらに四頭のオオカミ型モンスターが脇をすり抜けていった。

奴らは神父にかまうことなく、子どもたちのほうへと向かう。

慌ててそちらへ攻撃しようとした彼に、七頭のうち一頭が襲いかかってきた。

「くっ」

迫る牙を剣で弾きながら、神父は歯噛みする。

どうやら、のらりくらりと時間を稼いでいればいいわけではなくなった。

一刻も早くこの七頭を倒し、他のモンスターを止めなければ。

神父は守りの剣から攻めの剣へと切り替え、無茶を承知でモンスターに挑みかかったのだった。

†

アデルは他の子どもたちと一緒に逃げていた。

神父さまがモンスターを止めてくれている。

だから大丈夫。

そう言い聞かせながら、子どもたちは走る。

大ぶりの雨で視界が悪いが、町までの緩やかな丘を駆け下りるのに支障はない。彼らはいつだってこの丘を駆け回っているからだ。そんな彼らを追うように、突然後ろからモンスターが迫ってきた。

「あっ」

誰かが声を上げる。

そして間もなく、オオカミ型のモンスター四頭が、彼らへと襲いかかってきた。

「ぎゃぁぁっ！」

誰かの悲鳴が聞こえ、何人かが足を止め、そちらへと顔を向けようとする。

アデルも驚きに足を止めてしまった。彼女には《**闘気使い**》という《**職業**》があったが、その力が危険であり、また制御も難しいことから、先代のシスターによって大人になるまで使用を禁じられていた。

子供の内に力に溺れては誰かを傷つけてしまうことになるし、なによりも幼い彼女自身が傷つき、力に呑まれてしまうと思ってのことだった。

その甲斐あってか、アデルはどちらかというとおとなしい子に育っていた。闘気を使わずとも補正されている力をひけらかすようなこともなく、また自分が強いという認識すらなかった。

だからただの子供、一弱者としてモンスターに怯え、恐怖に足を止めてしまったのだった。

普段はよしとされるそれも、この場では危険な欠点だった。

「止まるな！　とにかく走れ！」

それを、年長者である少年が一喝する。はっとした子どたちが再び走り出した。

彼らの誰であっても、モンスターと戦うなんてできない。助けに入っても犠牲者が増えるだけだ。

心情を押し殺し、そう判断した少年はひとりでも多く逃げられるように声をかけたのだった。

モンスターが追ってきた時点で、全員生存は無理だとわかっている。

それは年齢にしては大人びていた彼が、認めざるを得ない事実だった。

溢れてくる涙をこらえて、彼自身も走る。

くぼみにできた水たまりがばしゃばしゃと音を立て、不安をがなり立てていた。

「きゃあっ、あぁぁあっ！」

さらにもうひとりが襲われたのが、声でわかる。

迫りくるオオカミを避けるように、子どもたちは徐々に散らばっていった。

アデルも家族たちと離れ、それでも足を止めずに雨の中を駆ける。

普段ならとっくに息が切れて、立ち止まってしまうほどの全力疾走。

しかし迫る死の恐怖が、足をもつれさせながらも彼女を前へと進ませていた。

「きゃっ」

しかし突然、背中に衝撃をうけて転ぶ。

びしょ濡れだった服にベッタリと泥がつき、ころんだ拍子に石で腕を擦りむいてしまった。

転がった彼女が仰向けになったとき見たのは、口を大きく開いてその鋭い牙をギラつかせて迫る、モンスターの姿だった。

「ひっ……」

アデルの口から、引きつったような悲鳴が漏れた。

食べられる……アデルは死を覚悟し、それでも抵抗するように、両手を固く握りしめる。

そのとき、限界だったアデルの身体から闘気が溢れ出した。

それと同時に、彼女の中から恐怖が消えていく。

闘気に身を包まれたアデルの中からは、先程までのような逃げのものではなく、もっと攻撃的な想い、闘争心が湧き上がってくる。

視界はフィルターがかかったかのように赤く染まり、ゆっくりになっていく。雨粒すらも見分けられそうなほど、アデルの意識は研ぎ澄まされていた。

彼女は何かに操られるように、その小さな拳をモンスターの顎へと放った。

「グギャッ！」

予想だにしなかったアデルの反撃に、モンスターが声を上げる。

小さな子供とは思えない、重い拳だった。《職業》持ち。そして闘気の補正で、今の彼女はそのへんの大人よりも戦闘力が高まっていた。

何よりも、その意志。

モンスターを殴りつけた彼女の手は、皮がめくれ血が滲んでいた。

普段のアデルなら泣き出してしまいそうなその痛みを、今はまるで感じない。

心の内からは「殴れ」「壊せ」「殺せ」「砕け」「殴れ」と絶えず攻撃的な言葉がリピートされてくる。

アデルはただ目の前のモンスターを壊したいと感じた。

闘気に呑まれ、彼女はただその拳を振るう。

喉元に拳を突き立てる。モンスターの悲鳴と、破れる手の皮。

まだまだ軽い。

再び拳を打ちつけると、モンスターも反撃として、その爪を彼女へと振るう。

「くっ――！」

片手でそれを押さえるも、伸びた爪が軽く彼女の皮膚を傷つけた。

赤い血が飛び、痛みではない何かが彼女へと伝わる。

攻撃力が足りない。闘気で強化されたといっても、まだ足りない。このモンスターは今のアデルにとって、本来相手にもならないほどの強敵だった。

まず、力が足りない。闘気に背中を押された彼女は、冷静にそう思った。

アデルは足を振り上げ、モンスターを蹴り飛ばす。

そして、石を拾って立ち上がった。

モンスターもアデルを認め。ただ一方的に狩るだけの獲物ではなく、やりあう相手としてアデルを認識した。

しかし、それでも負ける気はしていないのか、モンスターはひるむことなく彼女へと襲いかかってきた。

「っ！」

アデルは身を捻ってその突撃をどうにか躱す。

そして着地したところを狙って、手にした石を目一杯振り下ろした。

ごっ、と硬い音がして、彼女の石がモンスターの後ろ足を砕いた。

「ぐぎゃっ！」

声を上げ、足を引きずりながらも反転するモンスターに、アデルが迫る。

ごきゅっ、と嫌な音を立てて、モンスターの胴に石がめり込む。

「グガァアアアッ！」

声を上げながらモンスターが噛みついてくる。
アデルは足を振り上げるとその鼻先を蹴り飛ばし、倒れたモンスターへと迫る。
そして再び足を使って、まだ起き上がれないモンスターの前足を踏み抜いた。
闘気を纏ったた彼女の足は、子供とは思えない力でモンスターの骨を砕く。
赤く染まった視界でそれを眺める彼女は、笑顔を浮かべ高揚感に包まれていた。
先程までは、怖くてたまらなかったのに。
みんなが襲われて、悔しくて泣きそうだったのに。
逃げなくちゃ死んじゃうって、とにかく必死だったのに。
今、彼女に湧き上がってくるのは、破壊衝動と愉悦だった。
戦う楽しさ。
無力ではない高揚感。
相手を砕く爽快感。
アデルはモンスターを見下ろす。
それはまだ抵抗の意思を消さず、一矢報いるべくアデルへ噛みつこうと動いた。
ぐしゃっ。
アデルは手にした石を振り上げると、オオカミの頭へと振り下ろす。
石がオオカミの頭蓋骨を砕き、その頭を不自然にへこませた。
二度、三度石を振り下ろし、さらにオオカミを破壊していく。
みんなを食い殺してしまうような、恐怖の象徴。

それはアデルの足元で、ただの肉塊へと変わっていた。

「はぁ……はぁ、ふぅ……」

手からこぼれる自分の血と返り血で赤くなったアデルは、死体になったモンスターを見下ろす。

まだ扱いのうまくいかない闘気は、彼女が危機を脱したのにあわせて、徐々にその力を潜めていった。

その最中《さなか》でアデルの心に浮かんだのは、まずモンスターを倒せたのだという高揚感。そして、これならみんなを救えるかもしれない、という期待感だった。

しかし、闘気が落ち着くにつれて自分がひどく疲れていることに気付き、忘れていた恐怖が湧き上がってくる。

アデルは手にしていた石を取り落とし、クリアになった視界で周りを見る。

雨は強く降り続き、彼女についた血と泥の一部を洗い流してくれる。

それでも服に染みついた分は消えず、立ち尽くす彼女は昨日までとは別人のようだった。

「ああ……」

そんな彼女の喉から、小さな声が漏れた。

アデルの目に写ったのは、凄惨な現実だった。

彼女が一頭のモンスターに襲われ、なんとか撃退している間に、他の三頭、あるいは神父のところにいたうちの数頭が、他の子どもたちを襲っていたのだ。

お調子もののピエールは、人には到底できないような、関節を無視した奇妙なポーズで倒れていた。

童話が好きだったカミーユは、まるで不思議の国を目指すかのように、水たまりから上半身だけが飛び出ていた。

ぬいぐるみをバラバラにして怒られたウリエンは、綿の代わりに腸をはみ出させて雨粒いっぱいの空を見続けていた。

みんな死んでいる。

アデルにとっては大切な家族だったみんなも、モンスターにとっては名前などない、ただの獲物だったとでもいうように。

モンスターは町へ降りたのか、もういなかった。

降りしきる雨の中、アデルはひとりで立ち尽くしていた。

大切だった人たちの、不完全な死体に囲まれて、雨に打たれていた。

悲しみとすら認識できないような喪失感が、彼女の足を引っ張って深い闇へと誘う。

小さなアデルは倒れたみんなを見ながら、ぼんやりと思った。

(あたしがもっと強ければ、みんなを守れたのかな)

多くの子どもたちの死体と、一頭のモンスターの死骸。そして、唯一生きているアデル。

探索者の協力を得てモンスターを倒した町の人が、孤児院を気にして丘を上ってくるまで。

幼いアデルは雨にうたれながら、自らの中に流れる闘気を感じ取っていた。

もっともっと強くなって、モンスターなんてすぐに倒せるようになるために。

彼女は石を拾い上げると、それをぎゅっと強く握り込んだのだった。

第三章

最強日和

一話　闘気使い

マルクたちは、また探索者として遺跡に潜っていた。

騎士団に被害が出るというアクシデントはあったものの、当の騎士団以外は新しい遺跡群に対する盛り上がりのほうが大きく、街は活気に満ちていた。

事件の詳細は、まだ外には知らせていないのだろう。

変異は気になるが、最悪の場合でも特効薬がある。騎士団のほうは内部で結構ごたごたとしているらしいが、マルクたち探索者は関係なく気楽に暮らしていた。

新しい遺跡のなかで、騎士団の調査が一旦は終わったものや、比較的安全そうないくつかは探索者が殺到してしまい、どんどん探索が進んでいるらしい。やはりまだ隠し部屋などがいくつもあったらしく、その魅力がまた攻略熱に拍車をかけているようだった。

マルクたちはあえて違う遺跡に潜り、冒険して発掘品を見つけていっていた。

難易度が高いと判断されたところや、内部が広い割に隠し部屋が発見されていないところなどは人気が低いので狙い目なのだ。

マルクたちはそのような遺跡を狙って潜っては、発掘品を持ち帰っている。

一時的なバブルのようなものとはいえ、みんな懐がだいぶ潤ってほくほくだった。

マルクはリュドミラと一緒に、彼女の暮らしている孤児院を訪れる。

今ではすっかりマルクにも慣れ、遊んでもらおうと囲んでくる子どもたちの相手をしていると、騎士団の第四部隊が物資を届けに来た。

部下の騎士に荷物を運び込ませ、院長とリストの確認をしているアデルにリュドミラが近づく。

そしてまた、彼女と一緒に食事をすることになったのだった。

院長の誘いでアデルは毎回、一緒に食事をする。

他の団員たちは、物資の運び込みを終えると普通に帰っていく。

院長が何を考えてアデルを誘っているのか、詳しいことはマルクにはわからなかった。

彼にわかるのは、アデルが決して誘いを断らないこと。そして回数を重ねるにつれて、口調は変わらずとも、彼女の態度が柔らかくなっているように感じられることだった。

アデルの正面にリュドミラ、その隣にマルク、という並びで食事を摂る。

「大丈夫？　なんだか疲れてるみたいだけど」

リュドミラの問いかけに、アデルは頷いた。

「ああ。まあ結構ゴタゴタしているしね、疲れるといえば疲れるけど……大丈夫」

平気そうに答えるアデルだが、その顔には濃く疲労の色が浮き出ていた。

それでも子どもたちのほうへと視線を移した彼女は、少し落ち着いた表情になる。

「変異については、団長をはじめ誰もが動いてるみたいだね。あいつらはやっぱり、薬で変異させられてみたいだ」

マルクもその場にいたということもあって、アデルはその件について話してくれる。

「あの薬——変異薬に対する特効薬を研究してる機関があってね。そこから薬が持ち出されたらしい」

「特効薬か」

マルクは以前それを使って、変異種に対処したことがある。

しかし、技術者を含め関係者がいなくなってしまったため、手元に実物が残るだけとなっていた。

それを、ドミスティアが研究していたのだろう。

「特効薬は再現できているみたいだから、警戒していれば危険はないって。あたしたち騎士も最近は、いざってときに対処できるように持たされてるぐらいなんだ」

そう言ってアデルは、腰に下げていた袋から瓶を取り出す。

その中は有色の液体で満たされていた。変異種にしか効果がないあの薬だろうが、マルクが知るものより少し黄色っぽい気もする。量産品だからだろうか。

「そうだ、これは渡しておこう。どのみちあたしはなくても戦闘では困らないし、子供がたくさんいるここのほうが必要だろ？」

そう言って、アデルは小瓶をテーブルへと置いた。

「勝手に渡していいのか？」

マルクが首を傾げると、アデルは首を横に振った。

「本来はダメだろうな。いろんな人が欲しがるようになるだろうし」

そう言いながらも、アデルは気にした風もない。

「まず、さっきも言ったが、どのみちあたしには必要ないからな」

そもそもアデルは、同時じゃなかったとはいえ、六人の変異兵をひとりで返り討ちにしている。

マルクたちが駆けつけたときも、彼女はこれといった怪我も負っておらず、闘気の影響で少し疲れていたくらいで何も問題なかった。

だから、必要ないというのは事実だろう。

「マルクもリュドミラも、ずっとここにいられるわけじゃないでしょ？　遺跡に潜って稼がなきゃいけない」

「まあ、そうだな」

彼女の言葉に、マルクは頷いた。

リュドミラはここに住んでいるので、マルクよりはずっといられる時間が長いが、それでも遺跡には行かないといけない。

今は稼ぎ時だから、なおさら貯金を作っておいたほうといい、というのが彼女の判断だった。

「私たちとしてはありがたいけど、大丈夫なの？」

リュドミラの言葉に、アデルは再び子どもたちへと目を向けた。

食事を終えた彼らは、食器を下げると走って遊びに出るみたいだ。

「ああ。あたしには、守るものももうないからね」

遠い目で呟いた彼女は、マルクたちの視線に気づいて苦笑いを浮かべる。

「出世したいわけじゃないから、バレてちょっと怒られるくらいどうってことないさ。それよりも、弱い人を守るのが騎士の務めってね」

そして冗談を付け加える。

「だから渡す薬は、あんたたちが使っちゃダメだよ？　強い人間は自力で助かってくれ」

彼女はそう言って笑い飛ばすようにした。

「手伝えることがあったら言ってくれ」

食事を終えた後、帰ろうとしたアデルにマルクがそう声をかけた。

変異薬の件について、直接的なこと以外にも、彼女はいろいろと大変だろう。

変異し、結果として殺されたのは彼女の第四部隊だし、日頃からカインとの出世争いもある。

自分自身はそれに興味がなくても、周りが彼女を担ぎ上げようとしている。

「ええ。できれば、もっと休んだほうがいい」

リュドミラも心配してそう声を掛けるも、アデルは首を横に振った。

「いや、あたしにはもう戦うことしかないからな。騎士団内での立場も関係なく、今後は遺跡や戦場へ向かうつもりだ」

彼女はそう言って笑みを浮かべ、首にかかったロザリオを握りしめた。

それは気負ったところのない、とても自然な笑みだった。

しかし同時に、とても空っぽで乾いているようにも感じられるものだった。

マルクとリュドミラが次の言葉を探すよりも先に、アデルは馬へと乗る。

すぐに走り出した馬を、ふたりは見送ることしかできなかった。

「アデルはとても危うく見える」

「ああ、そうだね」

リュドミラの言葉に、マルクは頷いた。

心配しつつも、今のふたりにできることはない。

†

馬に乗って駆けていくアデルは、片手で手綱を握りつつ、空いた手で首元のロザリオを握りしめた。

闘気は確実に、彼女の身体を蝕んできていた。

変異と自分の闘気には直接の関係がない、ということは研究機関で話をすることで確認できた。

変異薬は、どこかの遺跡内部で採取されたものをベースに作り出されているらしい。

先天的な《**闘気使い**》とは、単に状態が似ているだけのようだ。

しかし、闘気が彼女の意志を蝕み、やがては止まることのできないバーサーカーへ変えていく、という事実が変わったわけではない。

変異の特効薬も、当然彼女には効かない。

そもそも特効薬と言うが、あれは変異に侵されている者を溶かしてしまうようなもので、決して変異が治るものではない。

一度変異した者は、そのまま暴れ続けるか消えるしかないのだ。

(そう考えると、やっぱり闘気に似てるのかもね)

まったく同じ《**職業**》でも、制約には違いがある。

《**闘気使い**》が戦闘中にバーサーカーになるのは共通だが、それ以外の《**制約**》ついては様々だ。

アデルの場合、それは「徐々に闘気に意識が呑まれていく」というものだった。

力を使う度、心が闘気による凶暴性に染まっていく。

戦闘後に闘気を鎮めるのにも苦労するようになり、やがては闘気に包まれたまま、戦闘を追い求めるようになる。

ただ、それでも構わなかった。

今のアデルには、守るものなんてない。

ただ、「もっと力があれば」というかつての幻想を追い求めているだけだ。

守るものもなく、手段だったはずの力を空っぽのまま追い求めるだけ。

このままなら、遠からず自分は帰って来られなくなるだろう。

そろそろ潮時だ、とも思う。

ただ、闘気に呑まれることを恐れ、騎士団や戦場を離れたとして、自分はどこへ行けばいいのだろう?

その答えが見つからない限り、次の戦場を求めることしかできなかった。

馬に乗ってどれだけ速く走ろうとも、影はずっと彼女の後ろをついてきつづけるのだった。

二話　茸と森の中

この日、マルクとユリアナは森の中で薬草採集を行っていた。

定番となる薬草を集めるためだ。

最近はモンスターの動きが野外でも活発になっているらしく、普段採取クエストを受けるような探索者たちは、みんなびびって仕事を受けなくなってしまった。

元々こんなクエストを受けるのは、遺跡内で実力不足を感じた探索者たちなのだから、危険だと判断して退くのは正しい選択であるともいえる。

ただ、そうはいっても薬草がないと困るのも事実。

しかし今は遺跡群が発見され、モンスターを恐れずに採取に挑めるような探索者は、もっと魅力的なクエストに掛かりっきりだ。

探索者ほど自分本位ではなく、街のために動くはずの騎士団も、騎士団内部でのごたごたや、変異薬持ち出しの犯人探しなどで手一杯だった。

そんなわけで、ギルドでも不足し始めた薬草を補充するために、マルクたちは森へ入っていたのだ。

「なんだか、ふたりっきりってひさしぶりだよね」

ユリアナがそう言うと、マルクも頷いた。

「小さい頃はずっとそうだったけど。あとは……ギルドに入った直後くらいか」

今日はパーティーを二つに分けていた。

マルクとユリアナはこうしてふたりで薬草採り。

そしてヨランダ、リュドミラ、シャルロットは遺跡に潜っている。

薬草集めは必要なことではあるけど、そんなに人数は必要ない。

マルクとユリアナのふたりっていうのだって、過剰労力だ。

そして、遺跡は今が稼ぎ時。

こちらも難易度の高いところを選ばなければ、三人でも十分すぎるくらいだ。

シャルロットももう一人前の《**魔術師**》と呼べるだけの戦闘力を持っている。

前衛が少し心もとなく思えるが、《**銃使い**》のリュドミラは銃剣やショットガンも使えるので、近接戦闘も普通に行えるのだ。

そういうこともあって、二つに分けてのクエストとなり、マルクとユリアナは久々のふたりきりということになっていた。

「ずっと一緒にいるけど、なんだか不思議な感じだね」

そう言ったユリアナは、マルクに軽く寄り添う。

薬草採集の途中ではあるが、ここは遺跡ではなく普通の森の中。

最近はモンスターが出るため、普通の人には油断できない場所だが、マルクたちにとってはハイキング気分で行動できる場所だった。

「あ、ほらマルク、薬草あったよ」

「みんなが取りにこないから、けっこうあるね」

普段は次が生えてくるのに必要なくらいを残し、探索者が回収していく。

しかし今回はモンスターを恐れてしばらく放置されたためが、普段以上に広い範囲に生い茂っていた。

「これなら、回収はすぐに終わりそうだな」

「だね」

本来ならリスクと引き換えの楽さなのだが、マルクたちにとってはリスクでも何でもない。

そんなとき、あっさりと目標の量を終えたふたりの耳に、悲鳴が届いた。

ふたりはちらりと目配せすると、すぐに走り出す。

そこでは三人組の男女が、キノコ型のモンスターに襲われていた。

モンスターは、マルクの膝丈ほどもない小型のものだ。

男女はどうやら探索者で、少し値上がりした薬草採集に来ていたのだろう。

一見して装備もしっかりしているし、モンスターへの警戒もしていたのだろうが、どうやら相手が悪かった。

動物型ではなく植物型。それも小型となれば、通常の警戒では気付きにくい。

それで、ここまで接近を許してしまったのだろう。

「はっ！」

すぐさま飛び込んだユリアナがまず一体を一閃。

「アイスアロー」

ほぼ同時にマルクの魔術がもう一体を貫く。

ユリアナが返す刀で最後の一体を倒そうとしたとき、キノコ型モンスターが胞子を放った。

反射的に避けようとしたユリアナだったが、その後ろには襲われていた、おそらくは初心者に近い探索者がいる。

この胞子はおそらくに麻痺毒で、胞子によって動けなくなった相手を苗床にするために放たれるものだ。それそのもので死ぬ可能性はかなり低いが、普通、最低でも数時間は動けなくなる。

しかし《**剣士**》のユリアナは違う。刀を手にしている今、麻痺毒のほうはまず効かない。身体に直接害をなす毒に対しては、かなりの耐性があるのだ。

最も、苗床にするという性質上、麻痺毒と同時に結構な催淫効果を及ぼし、こちらに関しては毒ともいい難いものなので、ユリアナといえどもろにうけてしまう。

が、マルクが一緒である以上、どうしようもなくまずいというほどの問題ではない。

それよりも後ろの三人が動けなくなるほうが問題だ。

――と一瞬で考えて、ユリアナは胞子をそのまま浴びつつ、モンスターを両断した。

「んっ……」

刀を納めたユリアナは、少し色っぽい息を吐く。

「みなさん、大丈夫ですか？　まだいるかもしれません。一旦、戻ったほうがいいでしょうね」

「あ、ありがとうございますっ！」

その間にマルクは三人に駆け寄り、無事を確認すると送り出した。

そんなに森の奥でもないし、彼らも一応は探索者。キノコ型モンスターの存在さえ知って警戒できれば、無事に帰還できるだろう。

今回の遭遇はたぶん、本来ならこの区域に出ないモンスターの存在が原因だ。

「……と、お疲れ、ユリアナ」

「うん……」

三人を送り出したマルクが戻ってくると、彼女は顔を赤くしてマルクを見つめた。

その目は興奮で潤んでいる。

胞子の催淫効果は麻痺同様に即効性だ。

彼女はかがみ込むと、マルクの股間へと顔を近づけた。

「すんすん。んっ、いつもよりも、匂いがエッチに感じられる気がする」

ユリアナはそのまま鼻を近づけていくと、ズボン越しの股間に顔を押しつけて、ぐりぐりと動かした。

刺激そのものは不器用だったが、興奮したユリアナの様子がマルクを昂ぶらせる。

「マルクのここ、ぐんぐん大きくなってきてる」

嬉しそうに言ったユリアナがズボンに手をかけて、そのまま下着ごと下ろす。

血液の集まった剛直が姿を現すと、ユリアナの顔がいっそう蕩けた。

マルクのほうは催淫効果を受けているわけではないが、目の前で興奮するユリアナを見せられては、そんなものなくても我慢できるはずなどない。

「はぁ……んっ」

ユリアナは手を伸ばし、肉竿を掴む。

「んっ、すごく熱い。あぅ……」

興奮している彼女は、最初から勢いよく肉竿をしごいてくる。

しかし、そこは誰よりも肌を重ねた相手だ。

マルクの気持ちよくなるポイントを的確に抑えており、やや乱暴に見えるのにとても気持ちがいい。

このままされているのもいいが、それではユリアナの性欲が解消されない。

マルクは名残惜しさを感じつつもその手を握って止める。

するとユリアナが上目遣いに見つめてきた。

どうして止めるの？　と疑問を浮かべた彼女はとても無防備に感じられて、マルクの欲望を高めていく。

「ユリアナ、わっ」

「はむっ、れろ、じゅるっ！」

腕を拘束されたまま、彼女は肉棒を咥え、そのましゃぶり始めた。

「れろっ、じゅるっ……おちんちんの味、いつもよりしっかりと感じられるね」

催淫のせいなのか、ユリアナはいつも以上に積極的だ。

「じゅぶっ、もっと奥まで、ぬむっ、じゅぶぶっ！」

手を抑えられたままの彼女が、顔を前後に往復させて、その口で肉竿を愛撫していく。

「あうっ、んぶっ、じゅるっ！　ふぁ……おちんちん咥えてるだけで、どんどんエッチな気分になってきちゃう」

「ぐっ、ユリアナ……」

肉竿に与えられる気持ちよさに、マルクの手から力が抜ける。

腕が自由になった彼女は、フェラを続けたままで、自分の体を慰め始めた。

「あふっ、んっ……じゅるっ……あぁ……」

ユリアナの手はスカートの内側に入り込み、その中をいじっている。

マルクの位置からは、その指がどう動いているのかまではわからない。

しかし、彼女がフェラしながらオナニーしているのは確実だ。

その想像以上にスケベな姿に、マルクの興奮はいつも以上に高まってくる。

「ユリアナ、自分の指よりも、こっちを挿れたほうがよくないか？」

そう言いながら力を込めて、肉竿をヒクつかせる。

「んぅ……ぷはぁ、あぁ……」

彼女は肉棒を口から出すと、唾液まみれになったそこをうっとりと見つめた。

「さ、ここに立って」

「うん」

少しぼーっとしているのか、素直に彼女は立ち上がる。

マルクはそんな彼女のスカートの中へと手を入れ、下着越しにアソコをなで上げた。

「ひゃうんっ！」

いつもよりずっと敏感な反応をして、ユリアナがびくん、と身体を震わせる。

先程まで自分でいじっていたせいか、そこはもうぐちゅぐちゅで、下着なんてあってないようなものだった。

「すっごいエッチになってるみたいだね」

わざとそんな意地悪を言いながら何度も秘裂を撫で上げると、ユリアナはマルクへと身体を預けてきた。

「あぁっ……マルク、だめっ、ん、あっあっ、あぁぁっっ！」

ぎゅっと抱きつきながら、ユリアナはイったようだ。

ヒクついたその淫花からは、とろとろの蜜が溢れ出している。

「マルクっ、これ、はやくわたしの中にっ……」

ユリアナが切なそうな声で言いながら、ギンギンになっているマルクのものをぎゅっと握った。

興奮を隠しきれない彼女は、その求める強さを示すかのように激しく肉竿をしごいてくる。

目の前で淫らに絶頂され、求められながらそんなに擦られては、マルクも長持ちしない。

「ユリアナ、木に手をついて、お尻をこっちに向けて」

「うんっ！」

マルクの言葉にユリアナは元気よく頷くと、すぐに言われた通りに木に手をついた。

スカートを捲りあげると、愛液で張りついた下着は彼女の形をはっきりと示していた。

今も蜜を零している部分は、特に色濃くその線を現している。

そんな状態で、ユリアナは誘うようにお尻をふる。

木に手をついている今はお預け状態であり、疼く身体が自然に動いているだけだ。

しかし、我慢できずにそんなおねだりをされているとなれば、オスとして滾らないはずがない。

マルクは彼女の下着をずらすと、そのまま肉竿を蜜壺へと挿入した。

「んはぁぁっ！　あっ、あああぁぁぁっ！」

あは♡
はーはぁー
ぐちゅぐちゅ

待ちわびた肉竿が一気に入ってくると、ユリアナは声を上げて絶頂した。

内襞がぎゅっと締まって、入ったばかりの肉竿を絞り上げる。

その快感にマルクも危うくイきかけ、腰に力を入れて耐える。

柔肉はひくひくと蠢いて絡みついてくる。

そんな膣内を、マルクは最初からハイペースで往復していく。

「んはぁっ！　あっ、ああっ！　マルク、マルクッ！」

じゅぼっ、にちゅっ！

いやらしい音を立てての ピストンに、ユリアナが嬌声を上げる。

「んはぁっ！　らめっ、また、またイッちゃう！　んはぁっ！　んうっ！　あぁぁぁあっ、ひぅぅうぅぅうっ！」

催淫効果もあって、連続で絶頂するユリアナ。

その蠢く膣内が肉竿に絡みつき、咀嚼するように震える。

「ぐっ……」

それだけの刺激を受ければ、マルクも果てそうになる。

ラストスパートの激しいピストンで、彼女の最奥、子宮口をぐんぐんと突いていった。

「ひうっ！　あぁっ！　そんなにしたらぁっ！　んあぁっ！　らめ、らめぇっ！　あっ、おかしく、なっちゃうっ！　んはぁぁっ！」

いつも以上に乱れるユリアナに、マルクの理性も溶かされている。

駆け上ってくる欲望を感じながら、愛しい膣道の中を往復する。

「ああっ、ん、あぁあっ！　マルク、もう、んはぁぁあっ！」

ドピュッ、ビュルルルルッ！

「んはぁぁぁぁっ！　あぁっ、ひゃうぅぅううぅぅっ！」

そしてユリアナの奥に、勢いよく射精する。

ハプニングからの野外セックスは、思いのほか強い快感をもたらしてくれた。

ぎりぎりまで耐えていたこともあり、いつも以上の精液が彼女のお腹へと注ぎ込まれる。

響き渡るユリアナの声も大きく、ふたりの気持ちよさを現しているようだった。

「あふっ……あぁ……」

ユリアナが艶かしく息を吐く。

その身体を支えながら、マルクは射精後の脱力感と幸福感に浸っていたのだった。

三話　ボスモンスターの出現

発見された遺跡ラッシュがまだまだ続いていたある日。マルクたちが探索者ギルドに顔を出すと、室内がとても騒がしかった。

「どうしたんだろう？」

ユリアナが不思議そうにギルド内を見渡す。

探索者たちは落ち着かない様子でギルド内にとどまっている。

「結構集まってるんだな」

普段なら遺跡へと向かっていそうな、中堅以上の探索者たちもギルドに残っていた。

ここ最近は遺跡群が見つかり、稼ぎ時だと出払っている者が多かったから、ここまでの人口密度は久々だった。

「あまり、いい空気じゃなさそうね」

「ええ。みんな何かを警戒してるみたい」

ギルドを眺めてリュドミラが言うと、ヨランダもそれに頷いた。

探索者たちは基本的に自由に生きているので、お祝いごとのときもよく仕事を休んで昼から酒を飲んだり、こうしてギルドにたむろしたりする。

つい先日も、遺跡群が見つかってその脅威度調査が一段落つくまでの間「新たな跡群が見つかるなんてめでたい。働いている場合じゃない」「あとで儲かるから今日は休んでも大丈夫」「調査が終わって遺跡が解放されたら本気出す」などと言っては、ギルドで昼間から酒を呑んでいる探索者たちが見られた。

しかしそんなお祭りムードとは違い、今回は空気が重い。

「一体何があったんです？」

マルクは近くにいた探索者に尋ねる。

大柄な壮年の探索者は、難しい顔で彼に答えた。

「遺跡でボスモンスターが発見されたらしい」

「ボスモンスター、ですか」

「ボスって何なんですか、師匠？」

隣で聞いていたシャルロットが首を傾げる。

「ボスモンスターっていうのは、他の同種モンスターよりも強力な個体だ。それだけじゃなく、周囲のモンスターを率いて強力に、凶暴にする能力もあるらしい」

らしい、といったのは、マルクもボスモンスターには遭ったことがないからだ。

遺跡内でのボスの登場は、本当に珍しい。

それこそ、ギルドにこうして探索者たちが集まるほどには。

「ここ最近、モンスターの動きがどこでも活発だったのは、遺跡と一緒にボスモンスターが出てきてしまったからか……」

「そうみたいね」

マルクの呟きに、ヨランダが頷く。

各地を見て回っている彼女は、マルクたちより知識も経験もある。

「地域によっては、中ボスとでもいうような、ボスほどじゃないけど近い性質のモンスターが発生しやすいところもあったわね」

そこで彼女はわずかに表情を曇らせる。

「中ボスでも結構強かったの。ちゃんとしたボスとなると、かなり大変そうね」

「ああ、前に一度見たことがあるが、あれはまずかった……」

壮年の男性がそう言うと、ギルド内の年長組は深く頷いた。

ドミスティアでボスが確認されたのは十年ほど前らしい。

その頃から探索者だったと考えると、三十代四十代辺りのベテランたちは、ボスが出たときのことを知っているようだ。

最も、全員が実際にボスを見ているわけではない。

「ボスも、今はある遺跡にとどまっているが、その影響が出て普段よりはどこも危険になってる」

「ボス討伐か……悩ましいところだな」

誰かがボスを倒さなければいけない。

だが、よほど腕に自信がないと、ボスに挑もうとは思えない。

「今回のボスは巨人型らしいな」

「見つけた奴ら、すぐ逃げたのは良い判断だったな」

ギルド内はボスについての話題で持ちきりだった。

そんな中、ドアが開くと騎士団が入ってきた。

四人の騎士はギルドのカウンターに向かい、何かを告げる。

するとすぐに奥へと通されていった。

「騎士団か。このタイミングだと、やはりボス絡みか？」

「そんな気がするね」

騎士団の登場に、ギルド内がざわつく。

大事であるという認識が強化されて戸惑う思いもあったが、しかし同時に、騎士団がなんとかしてくれるかもしれないという期待もギルド内に満ちていったのだった。


後日、マルクの家にギルドの職員が訪れた。それも、ギルド長を伴って。

「どうしたんです？」

珍しい来訪者を迎え入れながら、マルクはその用件を察していた。

まず間違いなく、ボスモンスター絡みだろう。

あれから数日。

あの日、騎士団となんらかの打ち合わせが行われてから動き出したのだろう。

マルク、ユリアナ、ヨランダ、シャルロットが席につくと、その向かいにギルド長とふたりの職員が座る。

リュドミラは基本的に実家である孤児院にいるので、こうした突発的なケースではいないことが多い。

ギルド長はおずおずと切り出した。

「探索者ギルドでは、騎士団と協力してボスの討伐に臨むことになった」

「なるほど」

まあ、妥当なところだろう。

騎士団だけでは負担が大きすぎる。特に今は内部に混乱もあるようだし。

「ボスモンスター自体は騎士団が受け持ち、その周りとなる、遺跡内のモンスター討伐を探索者にお願いしたい、ということなんだ」

「なんだ。騎士団は、けっこう頑張るんだな」

「そうですな。やはり役割上、ボスの討伐は騎士団の手で行いたいようだ」

マルクの感想に、ギルド長が頷く。

「とはいえ、同じ遺跡内のモンスターもボスの影響でだいぶ強くなっている。並の探索者では厳しいだろう。そこで、腕のある者たちにこちらからお願いしようと思ってね」

そこでマルクを見たギルド長は言葉を続けた。

「マルクたちには、この作戦に参加してもらいたい」

「ああ……」

予想通りの展開に、マルクは肯定とも否定ともとれない曖昧な声を上げた。

ボス討伐の作戦は、ドミスティアにとって大切なものだ。

ボスを放置することは危険だ。実際、ここ最近モンスターが凶暴化していることや、遺跡内に出るモンスターが強くなっているのも、このボスの影響なのだろう。

探索に経済を大きく依存しているドミスティアにとって、モンスターの強化とそれに伴う発掘の難易度上昇は、大きな痛手となる。

ボスはなるべく早くなんとかしなければならない問題だった。それは、一探索者であるマルクにとっても同じことだ。

だが、ボスの攻略はかなりの危険を伴う。

自分ひとりならそれも構わないが、ユリアナたちを危険に晒すのは好ましくない。

ユリアナたちはきっとついてくるだろう。だが、彼女たちに傷ついてほしくないというのが、マルクの正直な願望だ。

そう思って迷ったマルクの手に、隣に座ったユリアナの手が重ねられる。

「大丈夫だよ」

ユリアナはマルクの耳元でそう言った。

その手に力が込められ、マルクの手をぎゅっと握る。

「村を出たときからずっと、私はマルクの隣にいたいの」

それはマルクの心の中まで察した、ユリアナの言葉だった。

「だからマルクは、思ったことをやっていていいんだよ」

幼い頃から、奴隷になっても、英雄になって半ば引退していたときも、隣にいた彼女の言葉。

マルクは頷き、みんなのために、自分のために、モンスター退治を引き受けることにしたのだった。

四話　遊撃部隊

騎士団を中心としたボスモンスター討伐隊は、件の遺跡を訪れていた。

騎士団から五パーティーと単独となるアデル、探索者はマルクたちを含めて五パーティーで、計五十人を越える大所帯だ。

遺跡の広さを考えると、ボスと対峙する騎士団はこのくらいの数が限界となる。

遊撃部隊ということならもっと数がいてもいいのだが、下手なパーティーを連れてきて苦戦し、他の足を引っ張るくらいなら、この十パーティーだけにしたほうがいい、という判断だった。

十を越える馬車が遺跡へと到着する。

遺跡の前ではすでに、第三部隊の准騎士たちがその内側を見張っていた。

溢れ出てくるモンスターを狩るためだ。

ボスがいて活性化している上に、探索者が潜らなくて間引きされないため、モンスターはよく現れるのだろう。

第三部隊の面々は疲れているように見えた。

交代であたっているとはいえ、緊張が続いているのだ。

街に住む人からは見えない地味な役割だが、彼らがこうして遺跡からでるモンスターを狩ってくれているからこそ、まだ街のほうへはモンスターが襲来していない。

「ああ、カイン隊長、お待ちしてましたよ」

そう言って近づいてきたのは、中途半端に伸びた髪に無精髭を生やしたおじさんだった。

どこかのんびりとした雰囲気の彼は、ぱっと見では騎士には見えない。

気負った様子もなく飄々としていた男だが、何気なく歩くときの身のこなしやその引き締まった身体から、かなりの手練であるのがわかった。

話を聞いていると、どうやら彼が第三部隊の隊長らしい。槍を使うカインやアデルと違い、長剣と盾を扱う彼は守りに長けた騎士のようだった。

「ああ、ご苦労。今から私たちが遺跡に入り、ボスを撃退する」

「ええ、よろしくおねがいします」

「第三部隊のみんなも、ご苦労だった」

カインは騎士らしくカッチリと芝居がかった態度でそう言うと、連れてきた騎士たちへと振り向く。

「さあ、いくぞ！　ボスを倒し、平和を取り戻すのだ」

「はっ！」

勢いよく騎士たちが答え、探索者たちは後ろでやや置いてけぼりをくらっていた。

役割からすれば露払いも探索者の任務だろうが、逸るカインは気にしていないらしい。

温度差はありつつも、皆で遺跡へと入っていく。

ぞろぞろと大人数で来ていたが、ここからは別行動だ。

騎士のボス攻略班とその護衛、遺跡内部の遊撃とに分かれる。

ボスが遺跡のどこにいるか正確にはわからないため、最大数日は遺跡に潜りっぱなしになる。

マルクたちはさっそく騎士たちと別れ、遺跡内のモンスター退治に向かったのだった。

†

「ファイアーアロー！」

シャルロットの杖から炎の矢が飛び、小鬼型のモンスターを撃ち抜いた。

その後ろから飛び出ようとした別の小鬼には、ヨランダの矢が突き刺さる。

マルク、ユリアナ、ヨランダ、リュドミラ、シャルロット。五人でのパーティーにも慣れ、今ではちゃんと連携を取ることができる。

それは強大な敵や数の多い相手にも、足並みを揃えて立ち向かうことができるということでもあり、同時に今のように少数の弱い敵なら敢えて動かないこともできる、ということでもあった。

ボスの影響で遺跡のモンスター全体が強化されてはいるようだが、マルクたちもそれを見越した上で連れてこられた精鋭だ。

この程度の相手なら無理なく倒すことができる。そうでなくては選ばれなかっただろう。

「なにせ、数だけは多いからな……」

一匹一匹は、マルクたちや騎士にとってみればたいした脅威でもない。

並の探索者でも、油断せずにきっちりと挑めばまず勝てるだろう。

それにモンスターは、徒党を組んだ連携をうまく使ってくるわけでもない。

せいぜい二、三匹で固まって襲いかかってくるだけだ。

これだけなら、ボスにさえ気をつければなんとか探索ができそうである。

しかし実際には、そうもいかなかった。

一群を倒したと思ってから数分もしない内に、また小鬼型のモンスターが現れる。

「ファイアーアロー」

すぐにマルクの魔法が小鬼を仕留める。

そしてリュドミラの弾丸も、小鬼の額を正確に撃ち抜いていた。

「これだけ多いと厄介ね」

リュドミラがため息まじりに言った。

一匹一匹に危険はなくても、数が多いと休まる暇がない。

それに、マルクたちはあっさりと倒しているが、これでも本来はそこそこに危険な強さのモンスターなのだ。

「第三部隊の人たちが疲れるはずだよな……。あまり飛ばさずにいこう」

なにせ、先は長いのだ。

マルクたちは、騎士団がボスを倒すまで、周囲の雑魚を狩り続けないといけない。

それがどのくらいかかるのかは、まだまだわからないのだ。場合によっては一度、退く必要もあるだろう。先が見えない、というのはそれだけで精神的に消耗しやすい。

だからこそ、あまり最初から飛ばしすぎず、少し気楽に構える必要があった。

もちろん油断しすぎてはだめなので、そのあたりはバランスだ。

「そうね。ほら、今回はもうちょっと肩の力を抜いて」

「は、はいっ」

ヨランダにぽん、と肩を叩かれて、シャルロットが返事をする。

彼女にとっては初の合同クエストだ。だから緊張しているのだろう。

普段の探索でも、自分の働きがパーティーに影響することはある。

シャルロットがミスをすれば、そのフォローをするのはパーティーの誰かだ。

だからそんなことがないよう、探索には真剣に臨んでいる。

しかし、パーティーのメンバーはみんなシャルロットよりも格上で、経験豊富でもある。

それに長時間一緒にいて、信頼関係もある。

だからミスをしていい、というわけではないが、シャルロットが何かしたとしても、フォローして被害を抑えてくれるという安心感があった。

迷惑は掛けるけれど、取り返しのつかない被害は受けない。

そんな安心がどこかあるのだ。

しかし、合同クエストとなればそうではない。

シャルロットたちのミスは、他のパーティーに響く。

そしてそのパーティーが、マルクたちのような対応力を持っているとは限らないのだ。

それは単純に、探索者としての知識や経験ということももちろんある。

出だしから中堅以上のパーティーでエースを張っていたマルクとユリアナは、戦闘に関しての状況判断や制御に優れている。

傭兵として様々なパーティーを渡り歩いていたヨランダは、メインとなる弓にシーフ系、そしてパーティーの状況を見て足並みをそろえる術《すべ》に長けている。

ソロで動いていたリュドミラは一通りのことができ、不利な状況からの撤退や生存のスキルが高い。

その点だけ見ても、その辺の探索者とは違う。

それに加えて《**職業**》持ちだ。

どれだけ判断力に優れ、状況を把握できても、手持ちの札ではどうしようもない、ということだって普通に起こりうる。

勝ちの目がわかっても、そこへ到れる攻撃力がなければ、実際に打開することはできない。

ドラゴンの逆鱗を打ち抜くには、そこへ届くだけの遠距離攻撃が必要だし、オークの棍棒を防ぐには相応の防御力がいる。

崖を飛び越えるにはジャンプ力が必要だし、視界の悪い場所では気配を察知する必要がある。

それはどれも、思いついたからといって簡単にできることじゃない。

アイディアとして成り立たないほど荒唐無稽でこそないが、かなりのスキルが要求される。

しかし、マルクたちには見いだした勝ち目を実際に行えるだけの戦力があった。

他にパーティーを組んだことのないシャルロットでもわかるほど、はっきりとマルクたちは強い。

そして、比較してまだまだだと思うシャルロットすら、他のパーティーなら即エースになれるだけの力がある。

客観的にそれをある程度わかっているシャルロットは、だからこそ緊張していた。

今回は失敗できない。

経験については、もちろん他の探索者や騎士たちは自分より上だと思っている。

だから、状況判断は問題ないだろう。

しかし、手札では対応できないような状況に追い込んでしまう可能性はおおいにあった。

だから、ミスができない。

緊張しすぎないように、と頭ではわかっていても、不安がよぎってしまうのだった。

その様子を見て、マルクたちは軽く頷き合う。

彼女の緊張は、早めに解いたほうがいいだろう……と。

五話　焦るカイン

遺跡の中は、建物内であることを考えれば十分に広いが、それでも平原のようにはいかない。

あまり大人数で歩いても互いの動きを阻害するだけだ。

そこで騎士団は三つに分かれて行動していた。

一つはカインが率いるグループ。カインの第二部隊とアデルの第四部隊から一つずつに、護衛の冒険者が一パーティー。

二つ目は第二部隊から二つに第四部隊から一つ、そこに冒険者の一パーティーだ。

そして最後が、アデルの単独だった。

アデルは闘気の性質上、巨大なボスなら共闘できるが、道中で小型の敵に囲まれたとき、周りに味方がいるのは足を引っ張り合うことのほうが多い。

そのため今も、いつものように単独行動だった。

ただ、道幅を考えてパーティーを分けるといっても、先にある程度のマッピングをしてあるので、三つのグループは近い間隔で移動している。もしボスが現れれば、すぐに合流できるようにするためだ。

三つのグループはそれぞれ音を響かせるアイテムを持っている。これも発掘品で、ボタンを押すだけで警報が鳴るというシンプルなものだ。

ボスは巨人型ということだが、遭遇した探索者もすぐに撤退したため、情報はあまり多くない。

しかしカインは、ここでボスを討ち取っておきたかった。できればアデルを抜きに、自分の力で。

アデルに追い抜かれつつある彼は、焦りも大きかった。

男爵家の三男であった彼は、貴族の子として生まれたが、しかし成人すれば貴族ではなくなる。

人より上の傅《かしづ》かれる立場も、何気なく人を使えるだけの金も、平民から受ける羨望の視線も、彼のものではなくなる。

それは彼にとって、耐え難いものだった。

貴族として生まれ、《職業》まで持っている彼は、人の上であることに慣れすぎていたし、それが当然だと驕ってもいた。

貴族であるのが当然。そう考えた彼は、儲けよりも地位や名誉を欲し、騎士団へと入団した。

《職業》持ちである彼は、探索者になってうまくやれば、固定給の准騎士よりも稼ぐことができただろう。

しかし、探索者は社会的な地位が低い。

ドミスティアの場合は、国自体が発掘品で成り立っているということもあってさほど悪くも言われないが、他の国では違う。

貴族の子息として、他の国の人間とも合う機会の多かったカインは、それを知ってしまっていた。

そして《槍使い》のカインは、武芸に優れる息子として父の自慢でもあった。それがまた彼を増長させていった。

自分は優れている、特別だ。だから正騎士になるべきだ。

なまじ力があっただけに、彼の勘違いは正される機会を失った。

実績を積み重ね、出世していく。それ自体はいいことだ。騎士を目指すのだって、なにも悪いことではない。

その奥底にある歪みはいいものではなかったが、うまく行っているときには、問題として表面化することはなかった。

正騎士になりたい彼は、それをモチベーションにしっかりと仕事を続けた。

雑用は人に押しつけたりやや功を焦る部分はあったが、戦闘能力の高さで結果を出せたので、それも要領がいい、という範囲の評価だった。

そして第二部隊の隊長にもなり、目標に手が届きかけた。あとは時間の問題。実のところ、この頃になるとカインは何故正騎士になりたかったかなどということはあまり考えなくなっていた。

順調に出世し、隊長として上に立ち、《**槍使い**》として羨望を集める。

部下たちも、内心どう思っていようと隊長である自分に従うし、戦闘になれば助けを求めてくる。

当然、中には純粋な憧れを向けてくる者もいる。

カインの自尊心は満たされ、落ち着いていた。

上の席が空き始め、彼もあとは年齢を重ねれば、と思っていたときそいつは現れた。

《**闘気使い**》アデル。

大きな武功を上げ、一気に成り上がってきた彼女。

自分よりも若く、第四部隊の隊長にまでなったアデルと、それに伴う周りの動き。

彼女へと向けられる期待や尊敬。

貴族出身でない彼女は、本人の飾らない性格もあって、庶民出身の准騎士たちにも慕われていた。

油断すれば、すべてを彼女にかっさらわれる。

そう思ったカインは、なんとしても彼女を出し抜いて成功しなければ、と思うようになっていったのだった。

英雄であるマルクの勧誘も、アデルと差をつけるためだ。

貴族の子供であったカインは、恵まれすぎている。そして成果も順当すぎた。奴隷から街を救った英雄にまでなったマルクは、カインの欠点を見事に補ってくれる人材のはずだった。

しかし、彼には名誉欲がなさすぎた。

あまり成り上がり精神が強すぎても寝首をかかれそうで困るのだが、なさすぎるとメリットを提示できない。

結果、マルクからは断られてしまった。諦めきれずに誘いはかけていたが、うまくはいかないだろう。

そんな中で、ボスの討伐は最大のチャンス。

マルクやアデルにあって自分にないものは、部下たちが共感できる生まれの他に、大きくて派手な手柄だ。カインにとってこれは、最後のチャンスでもあった。

そもそも、今回の討伐にアデルが自分と同じ扱いで参加していること自体が、彼のピンチを物語っていた。

本来なら彼女は、カイン派の第四部隊隊員が変異兵になった事件への関与を疑われ、拘束されている筋書きだったからだ。

いや、さらにいえば遺跡で変異兵に負けてくれればよかったのだが、変異とやらもそこまでのものではないらしい。

(実用にはまだまだ遠そうだな。クソ、もっと使えると思っていたのに)

カインは内心でそう毒づいた。

研究機関では秘密裏に、変異を用いた軍隊、変異兵の研究も進めていた。

特効薬によって、暴走した兵はすぐに消滅させられるので、味方に大きな危険はない。

それでいて、普通の兵よりも強力で、うまくいけば制御しやすくなる。

そのための研究が、水面下でずっと行われていたのだった。

もしそんな研究がうまくいけば、騎士団の必要性はかなり落ちる。指揮する一部の人間だけいればいいからだ。

カインは当然、自分がその一部になれることを疑っていなかった。

そしてアデルを追い落とすには、かなり大きなことをしなければいけないと思っていた。

そこで研究機関と手を組んだのだ。

変異兵の実験にも協力した。それが、アデルを襲った変異兵の正体である。

だが、その結果は散々だ。

変異兵はまだろくに制御できず、能力も大したことはなかった。

准騎士六人が《**職業**》持ちのアデルの相手にならないのは当然だが、そんな当然の結果しか得られないのなら、わざわざ人間を変異させる必要はない。

凡人が《**職業**》持ちを打ち倒す力を得る。

それだけのインパクトがあって、変異兵は初めて成立する。

さらに、アデルが勝った場合にと仕込んでおいた状況証拠があったにもかかわらず、彼女は変異兵との関与を疑われることなく、こうして作戦に参加している。

カイン自身が今回の件で疑われるようなヘマはしなかったが、これでは何の意味もないどころか、研究機関との繋がりという弱点を増やしただけであった。

(それに、私のことだけではない)

確かにカインは、自分が正騎士になりたいから、尊敬されたいから、という思いで、脅威であるアデルを排除しようとした。

そこを否定するつもりはないし、自分のしていることがいいことだとも思っていない。たとえ対抗しているのがアデルではなくても、似たようなことはしただろう。

だが、それとは別問題で、アデルが騎士になり、騎士団を率いるのは危険だとも思っていた。

彼女の力はそれこそ変異に近い。人というよりは獣の力だ。

指揮される一兵士としては、その力は時にとても頼りになる。悔しいが、カインよりもアデルは強い。

だがそれは、かなり危うい力でもある。

闘気は不安定な力だ。

加えて乱戦にあっては味方を考慮することもできず、ただ目の前のすべてを打ち払っていく力。

現にアデルは、今だって自分の部隊とは別行動をしているのが常だ。

確かに、部隊が一つ——それも強力な部隊が増えるようなもので、各隊の範囲で見れば第四部隊は強力だろう。アデルは相応しい戦果を上げている。

しかしそれも、すべて個としての力だ。アデルは優れた兵士ではあるが、指揮官ではない。上に立つ器ではないのだ。

彼女は指揮を執らない。彼女は味方を顧《かえり》みない。

そんなアデルを上に置くのはとても危険だ。

指揮をせず突撃するだけのリーダーも、いつ爆発するかわからない危険物がリーダーなのも、好ましいとは言い難い。組織全体の危機になりうる。

(だから、私のしていることもきっと許される)

自分が手を組もうとした相手のことを棚に上げ、カインはそう結論づけた。

たとえアデルが上に立つべき人間ではないとしても、行いが肯定されるわけではないということから目を逸らして。

「よし、なんとしても私たちでボスを討ち取るぞ!」

「はっ!」

カインをトップに頂くメンバーたちは、彼同様に出世狙いで高い士気を保っていた。

六話　シャルロットの不安を取り除くために

初の合同任務。自分たちの行動が他のパーティーの生死に大きく影響するということもあって、シャルロットはかなり緊張していた。

緊張感自体は必要なものだが、それもある程度までだ。

身を硬くしすぎては動きが鈍くなるし、余計に疲労もしてしまう。

実際、今のシャルロットは気負いすぎてパフォーマンスが低下している状態だった。

長時間の任務になるため、開けた場所にテントを張って休憩することにしたマルクたち。

遺跡内では昼夜の区別がつきにくいが、だからこそ早めに休むことも大切だった。

そんな中、マルクのテントをシャルロットが訪れた。

マルクには制約があるし、こういった遺跡内で夜営を行う場合は相手をして貰う必要がある。

今回のような真面目なケースもときにはあるが、基本的にここ最近のマルクたちはあまり大変な遺跡には潜っていなかった。

そのため夜営の場合でも日常の延長で、制約に関係ない家のときと同じように誰の番、というのがなんとなく決まっていた。

普段と違う場所でするというのも、それはそれで、という感じだった。

ともあれ、それでいうと今日はシャルロットの番ではないはずだった。

（シャルはとても緊張していたからな……）

少しでもその緊張がほぐれるように、と送り出されてきたのだろう。

マルクとしてもなんとかしてあげたいと思っていたから、ちょうどよかった。

「シャル、おいで」

「はいっ」

マルクの呼びかけに、シャルロットが元気に答える。

しかしそれは、少し無理して元気に振る舞っているようだった。

これからことを致すのに、あまり暗い表情でもまずい、と思ったのだろうか。

マルクはまず彼女を座らせて、後ろから抱きしめた。

「師匠？」

ぎゅっと抱きしめられた彼女はマルクに問いかける。

彼はそこから動くことなく、シャルロットを抱きしめ続けた。

そうやって包み込まれるようにしていると、だんだんと温かくなって気が緩んでくる。

安心した彼女はマルクへと寄りかかるように身体を預けた。ゆったりとした心音が、彼女をさらに落ち着かせていく。

マルクもシャルロットの温かさと匂いを感じながら、彼女を抱きしめていた。

緊張を解すように、ゆったりと。

そして十分にリラックスした状態で、彼女の耳元に囁く。

「あまり気負わなくて大丈夫だ」

その声はゆっくりとシャルロットの耳に入っていった。

まずはそうやって心理的に安心させてから、マルクは他のパーティーもそれぞれプロであること、基本的に自分の身は自分で守るようになっていることなどの理屈を話していったのだった。

そして一通りの話が終わり、シャルロットの心にも整理がついた。

「ありがとうございます、師匠」

テントに入ってきたときと違い、穏やかな声でそう言った。

彼女は体を反転すると、マルクに寄りかかり甘える。

そしてその胸に手をつき、顔を押しつけた。

純粋に甘えるような仕草だが、その幼さに反したとても豊かな胸がマルクのお腹には押しつけられている。彼女の心を落ち着けられた、と一安心したところだったこともあり、マルクはその柔らかさを強く意識してしまった。

シャルロットはそれに気づいたのか、今度は顔ではなく胸を意識して擦りつけてくる。

そして手をそろそろと下に伸ばすと、ズボン越しに股間を撫で回した。

「師匠、今日はじっとしていて下さい。わたしがします」

彼女はそう言うと、マルクのズボンに手を入れて肉竿を取り出す。

シャルロットは身体を後ろへとずらし、座ったままのマルクの肉竿を口に含んだ。

「ちゅぷっ……れろっ」

彼女の温かな口に先端だけを含まれる。

「れろっ、ちろっ、ぺろぺろっ……」

舌先がちろちろとうごき、亀頭や裏筋を細かく舐めてくる。

元々は経験のなかったシャルロットだが、飲み込みが早くぐんぐんと腕を上げていた。

それでもこれまでは受け身であることが多かったのだが、今日はいつもより積極的だ。

「んっ……れろ、じゅるっ……」

彼女は上目遣いにマルクを見つめる。

それは自分の口で気持ちよくなっているかどうかの確認という意味合いが強かったのだが、マルクからしてみれば、視覚でも誘惑されているようなものだった。

「んっ、ちゅっ……れろっ。わたしのお口で、ちゃんと気持ち良くできてるみたいです」

マルクの反応……その表情と、もっと素直な肉竿の反応で確信したシャルロットは、顔を前後に往復させ、根元のほうまで咥えこんでいった。

「んぷっ……ふぅ、じゅるっ、れろっ……師匠のこれ大きくて、ちゃんと咥えきれないのです。れろっ、ぺろっ……」

唇が肉竿をしごき、舌が先端を愛撫してくる。

「れろっ……あふっ……じゅるっ！　師匠の先っぽから、んれろっ、お汁が出てきました。はもっ、れろっ、ぺろろっ」

舌先で鈴口の辺りをくすぐり、溢れる我慢汁を舐めとっていく。

同時に手は根元のほうをすばやくしごき始めた。

「んっ、れろっ……はむっ、ふぅんっ……そろそろ出ますか、師匠」

「ああ……」

シャルロットの言葉に、マルクは頷いた。

彼女の一生懸命な奉仕に、マルクの欲望は高まっていく。

「れろっ、じゅぶっ！　れろ、じゅぶぶっ！」

バキュームフェラで追い込んでいく彼女に、精液が尿道を駆け上ってくるのを感じた。

「あむっ！　れろっ！　じゅるっ！　はふっ、れろっ、ん、ぺろろっ！　師匠の濃いの、わたしのお口に出してくださいっ！　じゅるっ、じゅぞぞぞぞぞっ！」

「ぐっ、出るぞっ」

ビュクッ！　ドピュッ、ビクビュクンッ！

「んうっ！　んぶっ、んうっぅっ！」

マルクは彼女の口内に射精した。

「んうっ、んぐっ、んんっ！」

その量が思ったよりも多く、彼女の頬は大きく膨らむ。

それでも肉竿を放そうとはせず、そのままゆっくりと精液を飲み込んでいく。

「んぐっ、ぐっ、じゅるっ、ごっくん！　すごい量です、師匠ぉ……」

口内の精液を飲み干したシャルロットは、発情した顔でそう言った。

肉竿を舐めながら自分も興奮していたが、マルクの放った大量の精液が成果を物語っており、シャルロットを喜ばせた。そしてそれだけの濃いオスを感じて、彼女の子宮もうずいていたのだ。

「師匠……まだまだここ、硬いですよね」

よだれまみれの肉竿を、シャルロットが軽くしごく。

硬さを失っていないそこは、元気に上を向いていた。

それを確認した彼女は嬉しそうに微笑むと、座っていたマルクの肩をついて押し倒す。

素直に仰向けになったマルクの上に、シャルロットは跨がった。

「はぁ……んっ。わたしのここも、もう我慢出来ないですっ」

そう言って腰を浮かせたシャルロットの下着は、もう水浸しで張りついていた。

用を成していない下着を彼女が脱ぎさると、愛液を溢れさせたその淫花がオスを求めて薄く花開いていた。

「師匠、入れますね、んっ……」

シャルロットは手で支えた肉竿の上に腰を降ろし、熱い蜜壺へと飲み込んでいく。

すでにすっかり蕩けた膣内に、剛直がすんなりと呑み込まれていった。

しかし、彼女の膣内はその身体に合わせたように狭く、マルクのものをきつく締めつけてきた。

「んっ、あっ、はぁ……」

色っぽい息を吐くシャルロットは、肉竿を飲み込んだ姿勢のまま、一度動きを止める。

マルクは腕を伸ばすと、強く存在を主張する彼女の爆乳へと触れた。

「あんっ、師匠、んっ」

服をはだけさせ、その魅惑の果実を露出させる。

そしてその乳房の先端でちょんっ、と膨らんでいる乳首を指で摘み、愛撫した。

「やんっ、あっ、乳首、そんなにいじっちゃだめですっ、んぁっ！」

最初はちょっとした手慰みのつもりだったが、彼女の反応が思ったよりもいいので、マルクはそのまま乳首への愛撫を続けた。

挟み込んでくりくりと動かしたり、乳房の中に押し込むようにしてみたりする。

「んあっ！　あっ、師匠、ひぅうっ！　あっ、ん、はぁぅぅうっ！」

その度に敏感な反応をしていた彼女だが、段々とその反応も激しいものになっていく。

「あっ、やっダメッ。そんなにされたら、あっ……」

そして快感に我慢できなくなったのか、腰を前後に動かし始める。

乳首を摘まれながら腰を振るシャルロットの姿は、その見た目の幼さもあってどこか背徳的だ。

それでいて肉竿に絡みつく襞の動きや、大きく柔らかな胸はしっかりと大人なのだから、そのギャップも魅力となってマルクを感じさせていった。

「ひうっ、ああっ、もう、んっ、イッちゃいますっ！　あっあっ！　ん、ひぅぅっ、乳首、ああっ！　んはぁぁぁぁぁっ！」

ビクビクンッ！

身体を震わせてシャルロットが絶頂した。

前後に振っていた腰の動きがゆるくなり、彼女が快感を受け止めるのに集中する。

腰の動きこそ止まったものの、その膣内はしっかりと蠢いてマルクの肉竿を貪り続けていた。

「はぁ……あっ……ふぅ……」

絶頂の波が引いてきて、シャルロットが少し落ち着く。

それでも剛直を咥えこんでいる状態には変わりなく、快楽が収まりきることはない。

そして彼女は恥ずかしさからか顔を赤くすると、マルクに宣言した。

はう、
あうう♡
ぶちゅっ
ずちゅっ
くりくり

「今日はわたしがするんですっ。師匠、ここからは覚悟してくださいねっ！」

その言葉とともに、シャルロットは上下に腰を動かし始める。

マルクとしては、この方向で抽送を行うほうが、やはり気持ちがいい。

じゅぶっにちゅっ、じゅぶぶっ！

蜜壺が肉竿にかき回されて音を立てる。

「んぁっ、はっ、あぁっ！　どうですか師匠……」

シャルロットが下を向いて、マルクの顔を確認する。

その表情でしっかりと感じているのを見てとった彼女は、満足気に微笑み、腰の動きを激しくしていった。

「ん、はぁっ！　師匠の太いのが、私の中をじゅぶじゅぶって、ん、あっ、はぁ、ふぅぅんっ！」

膣襞がピストンの度に肉竿を擦り、刺激していく。

マルクも限界が近いのを感じ、下から腰を突き上げ始める。

「んはぁっ！　あっ、はぅっ！　ん、あああっ！　あっあ、ひぅぅっ！」

腰を思いっきり突き上げ、マルクは精を放った。

「ひゃぅぅっ！　あっ、師匠ぉっ！　びゅーびゅーでてますっ、ひゃぅぅっ……」

吹き上げる精液を受けて、シャルロットが嬌声を上げる。

「あぁ……すごい、お腹の中に、熱いのがいっぱい……」

うっとりと呟くシャルロットは、興奮と安心の入り混じった表情を浮かべていた。

その顔に安心したマルクは、彼女の身体を優しく撫でたのだった。

七話　ボスの脅威

「き、聞いてないですよ、こんなの……」

騎士のひとりが、剣を跳ね飛ばされて後退しながら呟いた。

開けたホールのような場所。

冷たい石造りのそこは、まるで地下の闘技場だった。

そこに三十一人の准騎士たち全員が集まっていた。

いた――過去形だ。しかし、誰ひとり撤退はしていない。

騎士たちが囲んでいるのは、巨人型のモンスター。ボスだ。

巨人はプレートアーマーに身を包み、巨大な剣を持っている。

その名のとおり人間を大きくしたようなフォルムだが、肩幅がはるかに広く筋骨隆々であり、それがさらに威圧感を与えてくる。

鎧に隠れているので見ることはできないが、筋肉だるまと呼べるような体型だろう。

リーダーにして《**槍使い**》のカインは、なんとか状況を打開すべくボスへと突撃する。

鋭い槍が、《**職業**》の恩恵を受けた尋常ならざる速度で放たれる。

「ぐっ、ボスがここまでとはな……」

しかしカインが放った渾身の突きは、ボスの巨大な剣に受け止められた。

その剣は重く硬く、カインの槍を弾き返す。

「クソっ……！」

「うわぁぁぁっ！」

後ろへ飛んで着地したカインが体勢を立て直す間に、またひとりの准騎士がボスモンスターの刃に襲われた。

彼は鎧の上から身体を真っ二つにされ、飛んでいった上半身がそのまま壁にぶつかってひしゃげた。

敵はその見た目にふさわしい、とんでもない膂力を誇っている。

（これは、どうしようもないな……）

カインは内心でそう判断する。

「はぁっ！」

アデルが巨人を背後から強襲した。しかし、ボスの大きな剣はアデルさえも弾き返した。

「がっ、ぐっ……」

受け身をとりながら、アデルはボスを睨みつけた。その目は純粋な闘志に満ち溢れており、止まることなど微塵も考えていない。バーサーカーだった。

戦力を分析し、諦めつつあるカインとは違う。

（せめてあと五人、いや、四人でも《職業》持ちクラスがいればな……）

だが、そんな者はこの場にはいない。

すでに騎士団は半壊だ。

護衛の探索者二パーティーは当初の予定通り、ボスに遭遇した時点で一度、後ろへ下がっていた。

片方は劣勢を察知して助けに入ってくれたがもうぼろぼろで、もう片方は逃げ出している。

カインも、逃げ出したパーティーを責めようとは思わない。

ボスの戦力は圧倒的で、《**職業**》持ちのカインやアデルですら歯がたたないのだから。

（ここまでか）

連れてきたメンバーは失われ、アデルと共闘しても倒せそうにない。ボスの強さは予想を遥かに超えていた。

ここまで裏で失敗を重ねて追い詰められていたところに、追い打ちのような勝ち筋の見えない戦い。

そこでカインの心は折れた。

もうボスに向かう気力はない。

彼の視線の先でバーサーカーのアデルだけが、勝てるはずのないボスに何度も挑みかかっていた。

†

周囲のモンスターを狩っていたマルクたちの耳に、ボス発見を告げるアイテムの音が届いた。

「見つかったみたいね」

「ああ。この辺りのモンスターは概ね狩ったし、帰り道の確保をしておこうか」

ボスは騎士団が倒すという取り決めになっている。メンツもあるだろうし、マルクたちもそれについて不満はない。

もとよりマルクは、別に名声に興味があるわけでもない。

騎士団がボスを討伐し、それをアピールしても別に構わなかった。

「ボスさえ倒せれば、危険は大幅に減るしね」

「ああ」

ユリアナの言葉に、マルクはうなずく。

ボスを放置すれば、街が危うい。最初の頃はモンスターが増えて困る程度だが、やがてその規模が広がれば、様々な品が街に入ってこなくなる。そうなれば訪れる商人はさらに減り、街が機能しなくなる。

「私たちは大丈夫でも、みんなはそうじゃないものね」

極端な話、モンスターが増えようとマルクたち自体が危機にさらされることはまずない。

何事にも絶対はない、という範囲での話ならモンスターにやられることもあるだろうが、荷物さえ捨てれば逃げ場の豊富な遺跡の外で、そうそうやられたりはしない。手に負えなければ逃げるだけだ。その程度のことができるくらいには、マルクたちは強い。

「ええ。街がなくなるのは、困る」

ヨランダの言葉に、リュドミラが頷いた。

村に孤児院があり家族がいるリュドミラは、マルクたちの中でも特に土地への思い入れが強い。

「ボス戦って、どのくらいの長さになるのでしょう？」

「どうだろうな。果たしてボスがどのくらい強いのか。なにせ見たことがないからわからないしな」

マルクたちは、騎士団が敗れるとは思っていなかった。

《槍使い》のカインと**《闘気使い》**のアデルがいるのだ。それに他の騎士だって、訓練を積んで統率の取れた各隊の精鋭たちである。

それこそ変異しているようなモンスター相手にだって、彼らなら遅れを取らないだろう。

「この広場を押さえておけば、大丈夫そうね」

遺跡の入り口をずっと守っていた第三部隊の面々は、疲労もピークということで先に帰っている。

だから、ボス戦が終わるまで入り口付近のモンスターを狩り、帰り道を維持し続ける必要があった。

「まあ、わたしたちは長時間でも大丈夫だけどね」

周りにいるのは、マルクたちにしてみれば雑魚モンスター。それも散発的に現れる程度だ。

交代して休みながらなら、それこそ第三部隊のように何日も戦っていられる。

「ああ。あとは、適度に……――!」

近づいてくる気配に、マルクは言いかけた言葉を飲み込み、警戒を強めた。

他のメンバーもすぐにそれを察知して構える。

戦闘態勢に入ったマルクたちの前、広場に飛び込んできたのは騎士たちだった。

彼らの多くは武器も持っておらず、這々《ほうほう》の体《てい》だ。

一体何が、と思ったマルクだったが、その後ろを追ってきたものを見て驚愕した。

巨人型のモンスター。討伐対象のボスだった。

その力が思ったよりも強力そうなことも、マルクを驚かせていた。

しかしそれ以上に驚いたのは、逃げる騎士たちの殿《しんがり》を務めていたカインの姿だ。

彼は折れた槍を手にしており、そのまま騎士たちと一緒に走り去ろうとしていた。

ボスは当然、そんな騎士たちを追っていく。

彼らが向かっているのは遺跡の出口。

このままでは、ボスが遺跡から出てそのまま街へと向かってしまう。

ターゲットにされているまま逃げれば、それは当然の結果だ。

「マルク！」

「ああ……」

ユリアナの声に、マルクは頷いた。

誰かがここで止めるしかない。予定とは違うが、このボスはマルクたちが倒すしかない。

（大勢の騎士団を壊滅さえるほどのボスか……かなり厄介だな）

マルクたちは戦闘準備に入る。

ボスもマルクたちの殺気に気付き、それがカインよりも大きな脅威であると認識したのか、ターゲットを移した。

「ガァァアア！」

そのとき、速度を緩めたボスの背中に、槍が突き立てられる。

ガキィィン！

と金属同士のぶつかる硬い音が響くが、ダメージはほとんど与えられなかったようだった。

「チッ！」

舌打ちをして体勢を立て直したのは、バーサーカー状態のアデルだった。

どうやら彼女だけは、逃げずにボスと戦うつもりだったらしい。

マルクたちはアデルを加え、ボスに挑むことになったのだった。

八話　VSボス

マルクはまず、アデルの様子をうかがう。

今の彼女と、どの程度の連携が取れるか確認するためだ。

「アデル、大丈夫か!?」

声をかけてみるものの、彼女は反応しない。

かといって、こちらを襲ってくる様子はなかった。

バーサーカー状態の彼女には理性がなく、ただ目の前の最大の敵に向かっていくようだ。

そして今は、ボスにご執心のようだった。

積極的な連携は取れないが、こちらでタイミングを合わせれば、という感じだ。

悪くはない。

襲いかかってくるようなら困るが、ボスを飛び越えてまでこちらを狙うつもりはないようだ。

倒したあとは気をつけなければいけないが、まずはボスに集中できる。

マルクはいつもどおり、パーティーメンバーに指示を出す。

「ヨランダとリュドミラは遠距離から牽制を。ユリアナは相手を削ってくれ。防御力が高いみたいだから逐一ダメージを与えようとしなくていい。シャルは高威力の魔法を」

そう言って、マルク自身も魔力を練り上げる。

先ほどアデルの槍を弾いたことを考えるに、かなりの硬度を誇る鎧のようだ。

モンスターであることを考えれば、甲冑も身体の一部なのだろう。ドラゴンの鱗がその生物的な見た目に反して、金属より硬いのと同じだ。

ヨランダの矢がボスへと迫る。

「ゴォォォ！」

ボスが咆哮を上げながら剣を大きく振るうと、その動きで風が生まれて矢を弾き飛ばした。

ヨランダの矢は弱点となるだろう関節部分、可動のための鎧のつなぎ目を狙ったものだったが、それも吹き飛ばされては届かない。

「はっ！」

しかし、剣を大きく振るえば隙ができる。

その隙を突いて、ユリアナが飛び込んだ。

姿勢を低くして駆けた彼女は、左膝めがけて鋭く突き込む。

当然迎え撃とうとするボスだが、その大剣そのものをめがけてアデルの槍が突き出された。

硬い金属同士が擦れ合う不快な音。

「グオォォオッ！」

それに続いて、ボスモンスターの悲鳴。

アデルの槍が剣を止めたことで、ユリアナの刀は予定通り、鎧の隙間から刃を通すことができたのだ。

浅いが、攻撃が通った。

「ファイアーボム！」

「ストーンハンマー！」

爆発と打撃、二つの魔法がボスを襲う。

切断や刺突系の攻撃は、あの硬い鎧に阻まれて届かない。

しかし衝撃なら内部まで届くようで、ボスはよろめく。

「ゴォォオオッ！」

ダメージ受けたことで、ボスは後衛の魔術師ふたりへと目を向ける。

ある程度離れた位置にいるふたりを見比べ、ボスはまずシャルロットへと襲いかかろうとした。

「グッ」

しかしそこに、ヨランダの矢が再び飛んだ。

手薄な関節部分を正確に狙っているので、ボスも対処せざるを得ない。

足を上げ、矢を装甲の部分で受ける。

ヨランダの大弓でも鎧を貫通することはできず、そのまま矢は弾かれた。

しかしそこへ、リュドミラの弾丸が撃ち込まれる。

ショットガンの散弾を的確に装甲部分で受けるのは難しいだろうと思われたが、ボスは警戒したのか剣を振るい、魔力の衝撃波で弾丸を防いだ。

それでも果敢に、アデルとユリアナが飛び込む。

槍と刀が迫りボスが身を捩《よじ》る。だがふたり同時の攻撃は躱《かわ》しきれず、肘と膝に一撃ずつ受けた。

「ゴォオッ！」

怒りか悲鳴か、唸りを上げたボスは周囲を薙ぎ払うように大きく剣を振るう。

前衛のふたりは一気に後ろへと飛び退《との》いた。

「ストーンハンマー！」

そこへまた、シャルロットの打撃系魔法が飛ぶ。

頭部をしたたかに打ちすえられたボスは、たたらを踏んだ。

だが、これでもまだ浅い。連撃が決まっても、そこまで効いてはいないように見える。

その一方で、マルクはさらなる一手を用意する。

先程の魔術で大したダメージを与えられなかったため、より高位の魔術を使う準備をしていたのだ。

日頃はまず使わない魔術とあって、魔力を練り上げるのにも時間がかかる。

魔術というのは、基本的には切り札だ。

しかし普段は、工夫によってあえて範囲を狭め、魔力の消費を抑えたものを使うことが多い。

だから、他人からはそれが普通の威力だと思われがちだ。

威力は程々でも、爆発、切断、刺突、打撃、さらに濡らしたり燃やしたり閉じ込めたりをすべてひとりでできる対応力は魔術師だけの強みだ。

モンスターには様々な種類はいるし、遺跡では何が起こるかわからない。そんなときに魔術師がいれば、相性不利で手も足も出ない、という状態を回避できる可能性が高い。

だが、今必要なのは便利さではなく大火力。魔術本来の強みを発揮するときだ。

しかし、使い慣れない大魔術には時間がかかる。

「はっ！」

迫るボスの剣をユリアナの刀が捌《さば》く。正面から触れ合うのは一瞬で、すぐに横へと受け流した。

《**剣士**》としての技能を存分に振るい、体格の差をカバーしている。

流石に巨人クラスのあの剣を真正面から受け止めるのは、《**剣士**》として強化されたユリアナでも厳しいし、刀のほうも折れてしまうだろう。

重量に差がありすぎる。

このボスの強さは、非常にシンプルだ。

でかく、硬く、力強い。

だが、思考パターンはそこまで優れたものではない。眼の前の脅威を順に破壊していくだけだ。

それはつまり、考えや小細工などいらないほど、この遺跡のボスとして強いということだろう。

マルクの周囲が魔力の流れで歪む。

そこに脅威を感じたボスがマルクへ向かおうとするが、ヨランダの矢、リュドミラの弾丸が巨人を牽制する。

巨人は鬱陶しそうに、だが確実にそれらを振り払っている。

一撃で致命傷を与えるのは無理でも、そう無視できないだけの威力はあるようだ。

それでもなおマルクのほうへと向かうボスに、ユリアナとアデルも躍りかかる。

関節部分に刃を受け続け、ボスへのダメージは蓄積されるがそれでも止まらない。

ダメージを無視して強引に押し切ろうとする巨人が、腕を振り回す。

彼女たちは、それを大きく後ろに飛んで回避した。

「ストーンハンマー！」

シャルロットの魔術が再びボスの頭に衝撃を与え、脳を揺さぶる。

「ゴォォッ……グゴォォオ！」

その衝撃に一瞬はひるんだものの、ボスは持ち直し、それでもマルクへと向かおうとする。

それだけ、マルクの高まる魔力に危険を感じているということだろう。

マルクは、自分の魔術がこの巨人に有効打を与えられると確信する。

そこで、目が合った。

あと一歩。

魔力を練り上げたマルクが口を開こうとした瞬間、ボスの剣が振り下ろされる。

回避すれば、集めた魔力は霧散し、また一からやり直しだ。もう一度魔術を使うだけの時間をくれるとは思えない。

しかし、このまま魔術を撃てば、相打ちには持っていける。

(それが最適解だな)

そう判断したマルクは、動じることなく魔術を放とうとした。

迫る剣を真っ直ぐに見据え――それが目の前で方向を変えた。

「グゥッ！」

ボスの唸り声に聞こえたそれは、しかしアデルのものだった。

飛び込んできた彼女が、《**闘気**》によって強化された力で巨人の剣を弾き飛ばしたのだ。

彼女自身はその勢いのまま、向こう側へと飛んでいった。

剣筋を逸らされたボスが隙を晒す。

一対一で向かい合う。

「エクスプロージョン！」

そこに時間をかけたマルクの魔術が炸裂した。

ボム系統魔術の何倍もの熱量がボスの頭部を襲う。

圧縮した魔力はボスに触れるとさらに誘爆し、大炎上した。

「ツゴ！　グゴゴォォォオオオォォッ！」

これまで以上の悲鳴がボスから上がる。

燃え上がるボスの頭部は、見上げるマルクですら熱く感じるほどだ。

大魔術をまともに受けたボスは膝をつき、そのままずしんと地面を揺らしながら倒れた。

兜の部分がドロドロに溶けており、その温度の高さを物語っているかのようだった。

「マルクの魔法はすごいね」

しかし強力ゆえに、だいぶ体力も持っていかれている。クラクラしながらユリアナに答えた。

「久しぶりすぎて、時間がかかって焦ったよ。もっと日頃から気をつけないとね」

マルクはそう反省しながら一息つく。ボスを甘く見ていたこともそうだ。

(まあでも……)

結構危うい戦いだったし、決して何度もしたいものではない。

だが、久しぶりの強敵との戦いに昂揚するものがあったのも事実だ。

結局、今でも自分は冒険が好きらしいな、とマルクはなんだか納得した気分になった。

ボス戦を終え、一息ついたマルクは、最後の瞬間に助けてくれたアデルのほうへと目を向ける。

《**闘気使い**》であるがゆえにひとり、ということだったが、むしろ強敵の隙をしっかりと突く彼女の動きに助けられていた形だ。

これならチームを汲んで動くことも可能ではないか、と思ったが早計だったかも知れない。

アデルを見て、マルクは《**闘気使い**》の本当の姿を初めて知ったような気がした。

ゆらり、と立ち上がるアデルは、あれだけの戦いを終えてもなお、さらなる闘争を求めているようだった。

九話　アデルの暴走

視界が赤い。

アデルは闘気に包まれながら、見慣れたはずの赤い景色が、これまで以上に濃いことに気がついた。

絶えず湧き上がってくる破壊衝動。身体は自然と動き、目の前にあるボスへと向かっていく。

（いよいよまずいか……？）

アデルの闘気は、どんどん彼女から正気を奪っていく。

頭の中で響く声はだんだんと大きくなる。

本能に任せた——あるいはそれを超えた動きに、体が軋む。

大きくなっていく破壊衝動は、その辺のモンスターを少し倒したくらいでは抑えられなくなっていく。

戦闘が終わって解除しようとしても、終わることなく「壊せ」「殺せ」と衝動が湧き上がってきて、暴れ足りないと感じてしまう。

自分が、着実に滅びへ向かっているのはわかる。

しかし、今のアデルにはそこから逃げる理由がなかった。

とっくに、守りたいものはない。

あるのはただ、自分が強ければ、という後悔とそれに取り憑かれて力を求めることだけだ。

もちろんアデルだって、楽しいことがなにもないわけではない。

自分を慕ってくれる団員がいるのは嬉しいし、美味しいものを食べるのも好きだ。

なにも後悔ばかりして、自罰的に戦場へと赴いているわけではない。

ただ、時折どうしようもなく過去に襲われ、耐えきれなくなるのだ。

闘気を使って戦っている間は何も考えなくていい。

戦いの中で死ねるなら、それでいい。

生き残ってしまった以上、自らの手で命を断つことはできない。

だが、必死に戦った末に負けてしまうなら、それは仕方のないことだ。

だからボスの討伐を任され、カインたちとともに強敵に挑むことになり、その強さが予想を大きく越えてどうやら勝てそうにないとわかったときも、大きな焦りはなかった。

それは彼女自身の問題でもあったし、闘気によって湧き上がる大きな破壊衝動のせいでもあった。

壊されてでも壊す、という方向に強化された精神は敵が強くても恐怖を感じない。

むしろ、闘気はいつも以上に精神を高揚させ、アデルを戦わせようとする。

彼女はその衝動に身を任せ、ボスへと襲いかかった。

大きな金属音。

強化された膂力を持ってしても、ボスの鎧にはダメージを与えられなかった。

《**槍使い**》であるカインの槍でも同様だ。

ボスなんてめったに出るものじゃない。それに個体差もあり、まともな情報は入っていなかった。

(どうやら、全員でかかったのは失敗だったみたい……)

衝動に思考を塗りつぶされながら、残ったアデルの冷静な部分がそう判断した。

騎士団の人間は、全員ボスのターゲットになってしまった。

ここで撤退すれば、ボスを街まで引っ張ってしまう恐れがある。

もしかしたら遺跡を出なかったり、あるいは遺跡からある程度の距離で諦めてくれるタイプかもしれない。

あるいは誰かが注意を引いている間に逃げれば、見失った分は追わないタイプかもしれない。

モンスターの性質は様々だ。それは、ボスも変わらないだろう。だが、いくつもの目撃、経験からパターンがわかっている普通のモンスター種とは違い、その遺跡固有の存在であるであるボスの傾向は、まだ誰も知らない。

その調査を経ずにいきなり討伐へ挑んだのは、焦ったドミスティア側の失敗だ。

《職業》持ちを含む騎士団だから。久々に発見されたボスで、対応の経験がなかったから。

調査などで時間を掛けるより、景気が良い今、早くボスを倒して遺跡から発掘がしたかったから。

いろんな理由があって、やや強引な今回の討伐になった。

事情はあるが、要はボスを侮ったのだ。

その結果がこれだった。

普通に考えれば、ここに送り込まれた騎士団はこのまま壊滅。第二と第四部隊は人数としても半減し、なにより隊長を失うだろう。

（ま、考えるのはあたしの役割じゃないけどね）

どのみち、ここから帰ることはもうできないのだ。

(だったら最後まで、戦うだけだ)

アデルはそこで思考を打ち切り、闘気に身を任せた。

(ああ、すごいな……)

次に意識がはっきりと戻ったのは、マルクのエクスプロージョンが炸裂したところだった。

このボスが討伐できるとは、アデルはもう思っていなかった。だからちらりとマルクやリュドミラが見えたときは、まずい、と思ったのだ。

ボスのターゲットになってしまっては、彼らもここから逃げられなくなる。

しかし結果として、マルクの魔法はボスを打ち破った。

その光景は信じられないものだった。

自分が敵わないと、無理だと思っていたことを、マルクは目の前でやってみせた。

彼の力に感心し、闘気を収めようとしたアデルはそこで激しい痛みを感じる。

(これ、もしかして……)

闘気は徐々に彼女の精神を蝕んでいた。

そのため最近は時間を区切り、使用を控えめにしていた。

しかし、手も足も出ない強敵が現れたこと、そして自棄になっていたことから、今回はさらに出力を上げて闘気を使っていたのだ。

(なるほど、限界か)

その結果、彼女は闘気に呑み込まれた。身の内から溢れ出る闘気は収まらず、彼女の思考は塗りつぶされていく。

立ち上がり、赤い視界の中、マルクと目が合った気がした。

「に、逃げ――――」

このままでは、マルクたちを巻き込む。

そう思って声を出したが、《**闘気使い**》のアデルが正気でいられたのは、その瞬間が最後だった。

†

「に、逃げ――――」

ボスを倒し終えたあと、ゆらりと立ち上がったアデルが絞り出すように言って、マルクたちに緊張が走る。

目の前のアデルの様子は、明らかに不可解だった。

闘気を纏っているのは戦闘中と変わらないが、身体強化ではなく、むしろ闘気に苦しめられているように見える。

「アデル、大丈夫？」

中でも親しいリュドミラが駆け寄ろうとするが、アデルは手を差し出して止めた。

しかしその直後、倒れかけた彼女は急にシャッキリと立ち上がると、槍を手にする。

その目からは輝きが失われており、幽鬼のようにゆらりと揺れたかと思うと、手にした槍を構えた。

その動きを察したリュドミラが距離を取った。

「闘気の影響みたいね……」

ヨランダがそう呟き、どうするか、とマルクに問いかける。

アデルはかなり強い。それも闘気に呑まれ、バーサーカー状態になっているとなればなおさらだ。

動かなくなるまで戦うバーサーカーを取り押さえるのは無理だろう。

かといって、このまま撤退すれば、狂戦士となった危険な彼女を野放しにすることになる。

しかし、直前までボス相手に共闘していた相手なのだ。

特にマルクとリュドミラは、個人的な付き合いもあった。

暴走したからといって、戦うのはためらわれる。

野放しにはできない。しかしマルクやリュドミラがアデルを手に掛けることはできない。

ヨランダの確認は「自分たちでやろうか？」というものだった。

強力な**《闘気使い》**とはいえ、**《剣士》**のユリアナとエルフの弓を持ったヨランダ、**《魔術師》**のシャルロットならば、数で押すことはできる。

「いや——」

そう答えかけたマルクの言葉を、リュドミラが遮った。

「私にまかせて」

彼女は銃を手にしたまま、アデルへと向かっていった。

十話　暴走とロザリオ

アデルは闘気に呑まれ暴走していた。

彼女の槍は、最大の脅威であるマルクへと向いた。

「バインド！」

念の為、拘束魔術を使うマルク。

鈍色《にびいろ》の鎖が現れアデルへと巻きつくが、彼女はあっさりとそれを引きちぎる。

やはり、生半可な魔術では彼女を止められない。

エクスプロージョンとまではいかなくとも、ボム系の魔法で身体を吹き飛ばすくらいしないとダメだろう。

厄介なのがバーサーカーは痛みに強く、負傷してもなお闘志むき出しで破壊を求めることだ。

壊すか壊れるまで、バーサーカーは止まらない。

殺さずに倒さなければいけない相手としてこれほどまでに厄介な、ほぼ不可能な相手はいない。

「アデル！　戻ってきて！　今ここで闘気に呑まれて暴れるのが、貴女のしたいことなの!?」

リュドミラが呼びかけると、ふらふらと一瞬迷いを見せたアデルが、彼女へとターゲットを変える。

突き出される槍を回避しながら、リュドミラは続けた。

「そんなにつらいなら、もう闘気は使わなくていいよ。うちにおいで」

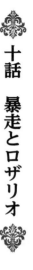

「あ……ぐっ……！」

アデルの槍はいつもよりも鈍い。

それは彼女が、闘気に抵抗しているからなのだろうか。

アデルを傷つけないようにする以上、マルクたちは安易に手出しができない。

リュドミラが《**銃使い**》として、説得の間ずっと、攻撃を避け続けられるよう祈るくらいしかできなかった。

しかしそもそも、闘気に呑まれた人間を呼び戻せるものなのだろうか？

（この状況はアデル個人の制約によるものなのか、それとも、《**闘気使い**》とはそういうものなのか）

《**職業**》は、本人以外にわからないことが多すぎる。

ただ、リュドミラがアデルを救いたいと思うなら、それでいいと思った。

†

（離れてくれ、リュドミラ、あたしはもう……）

肉体の支配権を闘気に奪われたことで、逆にアデルの意識は浮上しつつあった。

どこか他人事のように、自分の身体が動くのを眺めているような状態だった。

身体を止めようと力を込めても、ほとんど影響がない。

闘気に呑まれた彼女には、もう自分の身体さえ動かす力がなかった。

いつかこうなることはわかっていた。ボスの影響でそれが少し早まっただけだ。

ただ、このタイミングはよくなかった。リュドミラたちを巻き込んでしまう。

自分ひとりが闘気に呑まれ、そのまま休むことなく戦い、限界を迎えて朽ちるのはいい。

しかし、それはあくまで周りに人がいないところで、の話だ。

この状況であれば話は別。

アデルはなんとか闘気を抑え込めないか、そうでなくても、せめてある程度主導権を取り戻し、遺跡の奥深くへと行けないか試みる。

だが、闘気に支配された身体はほぼ言うことをきかず、彼女の意思に反して槍を振るう。

（やはり、闘気から身体を取り戻すことなど不可能か……）

そう考えたアデルの視界に、マルクが入る。

先程、自分の目の前で、攻略不能と思っていたボスを倒した人間。

彼ならば、こんなことになっても闘気から身体を取り戻すこともできるのだろうか？

しかし、自分には無理だ。

こうして必死に抗っても、アデルの身体は槍を振るい続けていた。

（あ……！）

そしてついに、彼女の槍は避け続けていたリュドミラへと迫る。

†

（私の声は、ちゃんとアデルに届いてる。……くっ）

槍に脇腹を貫かれながら、それでもリュドミラは引かなかった。

かなり深く刺さっており、槍はもう彼女の胴体を貫通している。

槍を手にしているアデルの身体すら、リュドミラのすぐ近くにあった。

急所は外しているとはいえ、身体を貫かれているのだ。

その痛みに、リュドミラは内心で呻く。

しかし、ここまで近づけば、もう回避も何もあったものではない。

リュドミラは手にしていた銃を落とすと、その手でアデルを抱きしめた。

「アデル。よくがんばったね。ずっとひとりで戦っていたんだものね」

リュドミラもマルクたちと出会うまで、ひとりで戦っていた。

しかし、彼女にはいつだって、帰れる場所があった。

仕事で数日、ときには数週間離れても、家に帰れば家族が迎え入れてくれる。

そもそも、遺跡内でひとりきりでがんばれたのも、それが家族のためだと思っていたからだ。

だが、アデルにはそういう場所がない。

聞くところによれば、アデルはずっと、目の前で孤児院がモンスターに荒らされたときのことを引きずったまま、力を追い求め続けるしかなかったのだ。

帰る場所もなく、癒やされることもないまま。

それはきっと、リュドミラが想像するよりも辛いことだっただろう。

安易に同情するわけではない。

それでも、幼い頃のアデルに力がなかったことが、悪いことなどではもちろんない。

アデルが不運だったのは事実だ。この世界は常に、ある程度の厳しさにさらされている。農村は飢饉が起これば多くの人が死ぬし、モンスターに襲われることだって時にはある。割り切れないのは当然だが、事実として、人は存外簡単に死ぬものだ。

それこそ、リュドミラたちのような《職業》持ちが例外的に頑強なだけである。

みんなもそうだから受け入れろというわけでもないが、家族が死ぬのだって、言ってしまえばよくあることだった。

それでも、前を向いて生きている人はたくさんいる。

だから、彼女だけが特別不幸なのだと、同情したりはしない。

ただ、それ以降の彼女は、ひとりきりで戦い続けてきた。

彼女はただ力を追って戦場を求め、突き進んでいただけかもしれないけれど、騎士団でも武功を上げて、結果として多くの人を助けてきた。

だからそれに対して、よく頑張ったね、というだけだ。

どんな事情であれ、何を求めたものであれ、彼女がひとりで頑張って、戦ってきたのは事実なのだから。

「だけど、これからは甘えてもいいんだよ」

そう言ってぎゅっとアデルを抱きしめる。

アデルは突き刺した槍を動かすこともせず、リュドミラの抱擁を受け入れている。

しかしその目はまだ闘気に包まれており、彼女自身の人格を取り戻せたわけではなさそうだ。

「アデルは壊すために戦ってたんじゃないんだよ。ほら」

そう言って、アデルの首にかかったロザリオをかざす。

それは彼女が唯一孤児院から持ち出した遺品だ。

神を信じるわけじゃない彼女が、それでも持ち歩いていたもの。

「あ……」

抱擁とロザリオとが、アデルの心を揺さぶる。

闘気に包まれた奥のほうで、確かに彼女に届いていたのだ。

それを見たアデルの手が、槍から離れる。

その槍は、《**闘気使い**》アデルの象徴だ。

本来の彼女では振り回せない重さ。追い求めた大きな力の体現。

それが闘気と共に、彼女の手から離れた。

「……ありがとう」

アデルの口から漏れた言葉に、リュドミラが驚く。

そんな彼女を、アデルは抱きしめ返したのだった。


貫通こそしていたものの、急所を外していたためそこまでの大怪我ではなかった。

いや、普通に考えれば十分な大怪我だが、命に別状はなかった。

元々リュドミラは《**銃使い**》として基礎的な身体能力が高いこともあったたし、《**職業**》持ちは傷の回復も早い。

応急処置をして、あとはちゃんと銃を身に着けていれば能力が発動して、自力歩行も可能なくらいだった。

しかし、ちょっと考えたリュドミラはマルクに尋ねてみる。

「おぶって、っていったら、してくれるかしら？」

その言葉に少し驚いたマルクだったが、頷いてから背を向けた。

「ああ、いいよ」

「そう。それじゃ……」

あっさりと受け入れられたことに、言いだしたリュドミラのほうも少しびっくりしつつ、せっかくなので背負われることにした。

「思ったより、背中大きいのね」

その背中に顔を埋めながら、リュドミラは呟いた。

（アデルに言ったくらいだし、私も甘えてもいいよね。これはこれで、新鮮でちょっと恥ずかしいけど……）

そんな風に自分に言い訳をして、リュドミラは彼の背中を堪能していたのだった。

十一話　再びの叙勲

マルクたちはボス討伐の証としてその一部を持って、ドミスティアへと帰還した。

元々マルクたちは、騎士団の補佐として遺跡に潜ったパーティーだ。

すぐに国の人間が飛んできて、詳しい話を聞いてきた。

騎士団、第四部隊の隊長であるアデルも一緒だったので、なおさら話はスムーズだった。

そして、逃げるように先に帰ってきていた、カインたちについての話し合いもなされた。

ボスに敵《かな》わず撤退したことそのものは、ある程度仕方ないとされるが、問題はその逃げ方だった。

危険から民を守るはずの騎士が、危険を街に呼び込むところだったのだ。

さらに、今回の件についてカインの身辺調査が行われる中で、彼が変異兵研究機関と接触を持っていたことや薬を預かって実験をしていたことがわかった。

表向き、研究機関と騎士団は共にドミスティアの組織であり、仲間ということになっている。

しかし実際のところ、人を変異させて強化し、操りやすくしようという派閥は、騎士団の存在意義を奪いかねないものだった。

そこに協力したとあっては、騎士団内では裏切り者扱いだ。

ボスを街に招き入れかねなかった件について、騎士団側がカインをフォローすることはなかった。

そのカイン自身、実験の失敗とボス戦で心が折れており、使い物になる状態ではなかった。

彼は抵抗する気力もないまま、粛々と除名処分を受け入れた。

そして、暴走してリュドミラを刺してしまったアデルについても対応が決まる。

こちらはリュドミラが無事だったし、被害者の彼女自身がアデルをかばったことが認められた。

アデルは最後まで逃げずにボスと戦っていた事実、そして一番の討伐功労者であるマルクが口添えしたことなどによって、特に処罰は与えられなかった。

ボス戦の功績を認められることはないものの、闘気による暴走もなかったことにする、という感じである。

結果として今回の事態は、「騎士団が敗北し、危うく街を襲いに来そうだったボスを、マルクたちが倒した」ということでまとまった。

そのため前回の変異種事件に続き、またもマルクがドミスティアを救ったとして、二度目の勲章を貰うことになった。

ドミスティアとしては、新しい遺跡の発見、それに伴うお祭り景気は貴重なものだ。その障害となっていたボスが取り除かれたとなれば、内外に早々に、それも大きくアピールしておきたいらしい。

そこで、ボス討伐からさほどの日もおかず、マルクへの叙勲が行われることになったのだった。

（前のときもかなり慌ただしく勲章をもらった気がするけど……）

ステージの裏手から広場いっぱいに集まった人を眺め、マルクが思う。

「二回目なのに、マルクすっごい緊張してるね」

そんな彼を見て、ユリアナが笑みを浮かべた。

ボス討伐の報奨金はパーティーにすでに支払われており、今回は仲間たちに対する勲章もあったのだが、二度目の功績というのはやはり大きいようだ。

騎士の槍すら受けつけないボスに決定打を与えたとして、マルクにはさらに別の勲章が授けられることになった。そのため、今回もマルクが最も注目をあびることになる。

「ほら、深呼吸。前回と同じで大丈夫だよ」

ヨランダがそう言って、マルクの横隔膜辺りを軽くさする。

「マルクが緊張してるの、やっぱり珍しい」

リュドミラが少し面白そうにそう言った。今回は彼女もマルクのパーティーの一員として舞台に上がるのだが、そのあたりはまるで気にしていないらしい。

「確かに。遺跡の中ではあんなに堂々としてるのにな」

アデルも、そう言って笑う。彼女は完全な他人事のようである。

「うぅ……師匠、あの、わたしは……」

だがシャルロットだけはマルクと同様、いやそれ以上に緊張していた。

元々、探索者や都会に憧れていたシャルロットだ。

探索者として活躍、そして叙勲、という流れを夢想したことがないわけではないだろう。

しかしそれはあくまでただの空想で、もし本当に叶うとしても、ずっと先のことだと思っていたと彼女は言う。

なにせシャルロットはまだ一年目の探索者で、マルクに魔法を習い始めてからも数ヶ月しか経っていない。

人々の関心はほとんどマルクに集まっているものの、最年少であり、最速で勲章を受ける彼女にも注目している観客が一部いるらしい。

そんな状態を、田舎から出てきたばかりの彼女があっさり受け入れられるわけもなく、わかりやすいくらい緊張し、怯えているのだ。

「……大丈夫だよ。みんな、褒めてくれるだけだからね」

あまりのガチガチっぷりに、マルクはそう微笑んで彼女の頭を撫でた。

ここまで緊張されると、逆にマルク自身は落ち着く。

「うぅ……すぅーはぁー」

シャルロットが深呼吸する姿を、マルクたちが微笑ましく見守る。

そのタイミングで、広場のほうがわっと盛り上がった。

そして騎士のひとりが「そろそろ準備をお願いします」と声をかけてくる。

程なくして舞台のほうから呼ばれ、マルクたちは広場に姿を現した。

マルクたちは、大きな歓声に包まれる。

シャルロットはそのあまりの迫力に、びくんっと身をすくませてしまったほどだった。

広場を埋め尽くす人々を、マルクは見つめる。

貴族による叙勲のための口上が始まると、会場内がしんと静まる。

そして勲章が授けられた瞬間、先程まで以上に爆発的な歓声が広場全体を包み込んだ。

その熱気は、マルクたちが脅威から守った人々のものだ。

大きな歓声を受けながら、マルクたちは舞台袖へと戻っていく。

「ふぁー。やっぱり、いざ目の前に沢山の人がいると緊張するね」

始まる前は平気そうだったユリアナも、実際に集まってくれた人を前に緊張したらしく、開放されたように息を吐いた。

「そうね。あまりあることじゃないものね」

この中では一番落ち着いていたヨランダも、ひと心地ついたように言う。

「このくらい、どうってことはない」

クールそうにそう言うリュドミラだが、よく見ると少し足が震えていた。いつもより無表情に見えるのも、緊張でうまく表情を変えられないからだろう。

「はぅぅ……」

シャルロットは完全に燃え尽きた様子で、舞台裏に戻ってきた途端へたりこんでいた。

「叙勲なんて、人生で一度きりだと思ってたんだけどな」

マルクがひっそりと呟く。

安全な暮らしを手に入れ、半引退状態だった探索者。

しかし、探索者に憧れるシャルロットと出会い、自分もそうだったことを思い出して、また本格的に復帰した。

遺跡の発見で起きた探索バブルの中、現れたボスモンスター。

危機ではあったものの、久々となる強敵との戦いは、どこかマルクの胸を躍らせるものだった。

そして気がつけば、またこうやって勲章を貰っている。

マルクは不思議な思いで、人々の歓声を聞いているのだった。

十二話　リュドミラとアデルのW奉仕

　ボスの討伐によってマルクたちが勲章を受け取ってから、平和な日々が流れていた。

　危険なボスが倒され、モンスターたちの能力、凶暴さ、数も通常通りへと落ち着いたため、遺跡群発掘による盛り上がりは再開し、ドミスティアは活気に満ちていた。

　ボスがいる間、まともに仕事ができなかったということもあって、探索者や商人はいつも以上に張り切っていた。

　また、ボロボロになった騎士団のほうも、出世を狙う者にとってはチャンスとなっていた。

　誰かがいなくなり、何かが傾いても、世界はしたたかに回っていく。

　そして、アデルも騎士団を辞め、リュドミラの孤児院で暮らし始めた。

　もちろん養われる側ではなく、リュドミラ同様に運営側としてだ。

　今のアデルは、《**職業**》の力を失っていた。

　これは制約に抗い、アデルが闘気を捨てることを選んだからだ。もう、ひとりきりで強くある必要はない。

　だから今のアデルは、普通の女性探索者程度の力しかない。

　《**職業**》持ちのころのような、常識外の戦いにはついていけなくなっていた。

「ま、あたしとしては、もう無茶して前線に突撃する理由もなくなったしね」

クエストを終えた帰りに、リュドミラとともにマルクの家を訪れたアデルは、そう言った。

彼女の槍は、これまでのものよりだいぶ細くなっていた。

バーサーカー状態による無茶な力の掛かり方がなくなったため、強度は常識の範囲内でいいし、身体能力の強化もないためあまり重いと今のアデルには振り回せない。結果として、鋭さは優先するものの、重さと強度を落とした新しい槍に持ち変えることになったのだ。

「新しいスタイルには慣れた？」

「ああ。ちょっと無茶しようとすると、すぐリュドミラに怒られちゃうしな」

マルクの問いに、笑いながら彼女は答える。

アデルが孤児院に移ったのを期に、リュドミラはマルクたちのパーティーを抜けた。

今はまた、孤児院での暮らしをベースに軽めのクエストや探索に取り組んでいる。新しく入ったアデルが早く馴染めるようにするためだ。

なので、マルクたちは四人で探索をしていた。

「そっちはどう？」

「しっかり落ち着いて動けば、基本的には大丈夫かな」

リュドミラの言葉に、マルクは答えた。

《職業》持ちが多いので、こちらも特に問題はない。

リュドミラの銃支援がなくても、マルクのパーティーはむしろ、過剰なくらいの戦力を抱えている。

リュドミラとアデルだって、受けるクエストを考えれば力があり余ってしまうくらいだ。しかしそれはそれ、パーティーが別れるとなると、リュドミラはマルクと接する時間が減ってしまう。

これまではいつだって、リュドミラが都合のいいときにマルクの家へ行けばそれでよかったが、彼が探索に復帰した今、数日家を開けていることも珍しくない。

だからこうして予定を合わせては、マルクに会いに来ているのであった。

リュドミラに懐き、またマルクに恩を感じているアデルも、せっかくなのでついてくる、という感じだった。

アデルが闘気から戻ってこられたのは、ロザリオを使ったリュドミラの説得が大きい。

だがその土台には、直前に、不可能と思われたことを覆すマルクの姿を見ていたことがあった。

それがあったからこそ、もう抗えないものだと思っていた闘気に立ち向かおうと思ったし、制約を破るという、普通なら取らない手段を選べたのだとアデルは思っている。

そんなわけで、リュドミラに強く懐いていると同時に、アデルはマルクのことも気になっていた。

積極的に動かないのは、彼がリュドミラの想い人で、すでに沢山の女性に囲まれているからだ。

一夫多妻は普通だし、マルクくらいの英雄となれば何人妻がいてもおかしくない。しかし当然、妻が多ければひとりひとりと過ごす時間は短くなるし、リュドミラとアデルは彼に会えるタイミングが被っている。

そんなわけでアデルはあくまでも、マルクとリュドミラを眺めているだけのつもりだった。

しかしリュドミラのほうも、そんなアデルの気持ちに気づかないはずはない。

そしてお姉さんとして、奥手な彼女の背中を押してあげたくなったのである。

その結果として、三人はいっしょにベッドにいた。

「あぅ……」

いつもの男勝りな様子とは違い、恥ずかしがって身体を隠そうとするアデル。

しかしその目はチラチラとマルクのほうへと向いている。

リュドミラは堂々としており、そんなアデルの姿を微笑ましく眺めているのだった。

マルクとしても、複数人でするのが不慣れというわけではない。

アデルだけが恥ずかしがりつつ興味津々、という状態だった。

「それじゃ、まずはマルクにご奉仕をしましょうか」

リュドミラはいつもとそう変わらない表情だが、お姉さんぶれることに喜んでいるのが、マルクにはわかった。彼女はクールっぽい見た目をしているが、その実、わりと反応は素直でわかりやすいタイプだ。リュドミラはマルクの前にしゃがみこむと、まだ反応していないそこを掴む。

「おぉ……」

同じようにしゃがみこんだアデルが、好奇心を隠さずその様子を見ていた。

そこまで熱心に観察されると、マルクのほうもやや恥ずかしい。

「あの、あたしも触ってみていいか？」

「もちろん」

おずおずとしたアデルの言葉に頷いたのは、リュドミラだった。

何を勝手に、とは思うものの、別にマルクも止めるつもりはなかったのでそのまま受け入れる。

「お、おお……」

アデルは膨らみつつある肉竿を掴むと、ぐにぐにと軽く揉んでくる。

「ど、どんどん大きくなってきてるっ……！」

手の中で膨らんでくる男の器官に、アデルが驚きの声を上げた。

性教育などろくに行われない世界。男所帯である騎士団に若くして入ったアデルには、色恋のうわさ話をする同性などいなかった。

同時に、《**闘気使い**》で強いことが知られていて、迂闊に手を出せばどうなるかわからないアデルに迫ったり、くだらないシモネタを飛ばす騎士もまずいなかった。

そんなわけで、彼女は男に対する知識がほとんどなく、初心だったのだ。

「それでいい。あとはこうやってしごくと気持ちいいはず。あまり、力を入れすぎないように」

アデルの掌の上にリュドミラの手が重ねられる。

そしてその手が上下へと動いた。当然、その下にあるアデルの手もだ。

「わ、わわっ、もっと大きく、硬くなってきてるっ」

彼女の手の中で、マルクの肉竿は準備を完了する。

そそり勃ったそこにアデルは驚きつつ、本能的に引き寄せられ、自分の意志で手を動かした。

「うわ……こんなふうに、ごくっ……これが、はぁ……」

何やらひとりで赤面しながら、しこしこと手を動かしていく。その様子を満足そうに眺めているリュドミラだったが、やがて手持ち無沙汰になったのか、マルクの太腿をなで始めた。

「リュドミラ？」

初心者ながら一生懸命なアデルの愛撫は、緩やかにマルクを高めていったが、妖しい手つきで太腿を撫でるリュドミラもまた、淡い刺激を送り込んでくる。

性感帯でもない場所のため、直接的な快感ではない。

しかし撫でられるだけでも気持ちいいものではあり、また肉竿は肉竿で刺激されているため、それも性的な刺激に変換されていく。

「あっ、なにか出てきた。これが精液か？」

「いや、それは我慢汁。精液の前に出てくるもの」

人差し指で鈴口に触れ、我慢汁を亀頭に塗りたくりながら、リュドミラが言った。

「うっ……」

こんどは彼女の指による、直接的な性器への刺激だ。

湧き上がる快感にマルクが思わず声を漏らした。

「アデル、もう少し速く動かしてみて」

「あ、ああ……」

リュドミラの言葉に従って、アデルはこれまでよりも勢いよく手を動かす。

さらに独自の判断なのか、少し絞り出すような指の動きだった。

不意打ち気味のそれが思った以上に気持ち良く、マルクの肉竿を精液が駆け上がってくる。

さらに太腿を撫でるリュドミラが、それを感じ取って指先をつーっと足の付根へと伸ばしてくる。

「うっ、あ、もう出るっ！」

その言葉を聞いて、アデルが目を輝かせて、さらに手を速めてくる。

ドピュッ、ビュッ、ビュクンッ！

マルクは勢いよく射精し、飛び出した精液がアデルの顔へと降り注ぐ。

「わっ、熱くてドロドロだ……これが、殿方の精液か」

うっとりとそう言うアデルの顔は発情しており、普段の彼女とは違う妖しい魅力を放っていた。

「あたしの手で、マルクは気持ちよくなったんだよな……」

感慨深そうに言う彼女の後ろに、リュドミラが回った。

「そう。じゃあ次は、アデルが気持ちよくしてもらう番」

「ひゃうっ！」

後ろから抱きかかえられたアデルの胸を、リュドミラが鷲掴みにしていた。

「ほら、こっちももう期待してる」

「ひうっ、んっ、リュドミラぁ……」

ぴんと立った乳首をいじられて、アデルが色っぽい声を出した。

「ほら、マルクも」

「ああ」

マルクは正面からアデルの胸へと手を伸ばす。そして両手でこねるように揉み始めた。

「あっ、ぅんっ……」

細いリュドミラの手とは違い、大きなマルクの手でおっぱいを愛撫され、アデルはその気持ち良さに声を漏らす。

「あぅっ……ん、あぁっ！」

最初は抑えようとしていた彼女だが、だんだんとその声が大きくなってくる。

「ひゃうぅぅっ！　あっ、はぅっ！」

乳首をいじると敏感に反応し、アデルが身体を震わせる。

マルクはその手を下へと伸ばした。胸から下り、薄っすらと割れた腹筋を撫でる。

その筋肉に指を這わせると、アデルが敏感な反応を見せる。

マルクの指はそのまま下へと向かい、下腹を越えて彼女の秘められた割れ目へと届く。ぴっちりと閉じたそこを撫で上げ、少しだけ指に力を入れると、割れ目が薄く開いて蜜が溢れ出した。

「あぅ……そんな、んっっ……」

秘部を見られる羞恥にアデルが恥ずかしがると、さらにじわっと蜜が溢れ出してくる。

リュドミラがそこで、後ろからさらに彼女に抱きついた。

「ね、アデル、マルクにどうしてもらいたい？」

そっと仰向けになったマルクの、ガチガチになった肉竿が強く存在を主張していた。

それを目にしたアデルの本能が反応し、お腹のあたりがきゅんとした。

「あぅぅ……マルクのものを、あたしの中に入れてほしい」

恥ずかしそうにおねだりする姿は、マルクを誘うのに十分だった。

マルクが頷くと、リュドミラはアデルの腰を浮かせ、マルクの上に跨がらせた。

そして、その剛直を彼女の入り口へと宛がう。

「あうっ、硬いのが、あたってる……」

期待に満ちるその表情を見て、リュドミラがアデルの腰を誘導していく。

「んっ、あぅっ！」

何も入ったことのないその膣内に、マルクの剛直がゆっくりと沈み込んでいった。

やがて抵抗を受けたところで、一度止まった。

「んっ……」

アデルはマルクを見て、小さく頷く。彼女は力を込め直すと、その膣内にぐっと肉竿を押し込んだ。

「んぐぅっ！　ひぅ、んあぁぁっ！」

処女膜を突き破って入ってきた肉竿に、アデルが声を上げる。

そんな彼女を、リュドミュラがギュッと抱きしめていた。

狭い膣内は初めての異物を警戒するように、ぐっと強く締め上げる。

すっかり濡れていた襞が、ぬるぬると竿に絡んできた。

「あ、んはぁっ！　硬いのが中で、んぁっ！」

最初こそ驚きだった声が、すぐに快感へと塗り替えられていく。騎士だった彼女は、元々痛みに強かったのだろう。

「んはぁっ、あ、ふっ……なんだか、変な感じで、いいぁっ」

挿入状態で腰を止めたままのアデル。後ろから抱きついているリュドミラが、慎重にクリトリスを撫で上げる。するとアデルはとても敏感に反応し、膣内も今度は拒絶ではなく、快楽を貪るために蠢き始めた。

「あっ、これが、んっ……セックス……あたしが、男のひとと……ふぁぁっ！」

アデルは興奮して、ゆっくりとだが、自ら腰を動かし始めた。

それは本能的な動きであり、緩やかながら快感を追い求めるものだった。

そうまで求められては、マルクのほうも答えようと腰を動かしていく。

最初は様子見の緩いピストンだったが、アデルの反応がよく、それも徐々に速くなっていった。

「あうっ、マルクっ、すごっ……あぁっ！」

処女特有の締めつけと、日頃とは違うアデルの女としての姿。マルクの興奮は高められていき、ラストへ向けて腰が動かされる。

「はゆっ！　あっあっ！　すごっ、あんっ！　なにか、なにかきちゃうっ！　んはぁっ！　あぁっ、んはぁっ、ひぃうぅぅぅぅうううっ！」

身体を大きく震わせて、アデルが絶頂した。それに合わせて、マルクも彼女の中で射精する。

初めてとなる彼女の中を、白く染めていった。

「はぅっ、あっ、これ、さっきと同じ。中だとこんな感じなんだ……」

手コキで射精させたときの勢いを思い出しながら、アデルがぼんやりと呟いた。

「あふぅっ……」

満足したらしく、脱力したアデルから肉竿を引き抜く。愛液と血と精液でドロドロになった剛直は、まだ元気に上を向いていた。

「じゃあ、次は私の番」

そう言ってリュドミラが近づいてくる。

「ああ、そうだな」

「きゃっ」

押し倒されてわざとらしく悲鳴をあげるリュドミラに、マルクが覆いかぶさる。

楽しむ時間は、たっぷりとある。まだまだ夜は長いのだから。

ふあっ
ん，
ぬちゅ
くちゅ
くにゅ
くにゅ

アフターストーリー　アデルとお風呂

ある日、アデルとリュドミラのクエストを手伝ったマルク。

彼女たちが夕食の準備をしてくれると言うので、風呂に入っていた。

アデルのほうはまだよくわからないが、リュドミラの料理が上手いのは知っている。

そのため特に不安もなく、せっかくなのでお願いすることにしたのだ。

魔術の無駄使いをして、適度に温めた浴室へと入る。そして風呂用の椅子に座ったマルクは、頭から思いっきりお湯をかぶった。

少し長めの髪が視界を塞ぐ。ボタポタとお湯を垂らしながら、マルクは再び桶にお湯をすくった。

「ん……？」

そこで誰かの気配を感じたマルクが、風呂の入り口のほうへと目を向ける。

すりガラスの向こうにシルエットが見えた。そして程なくしてドアが開き、アデルが姿を現した。

タオルを巻いているアデルだが、元々長身の上、大きな胸に丈を取られているため、とても際どい格好だ。

そんな彼女が少し恥ずかしそうにしながら、マルクのもとへと歩いてくる。

少し脚を大きめに開いただけで、その奥が見えてしまいそうだ。

アデル自身それを自覚しているのか、かなり恥ずかしそうにしている。

初エッチのときに隅々まで見てはいるのだが、そうは言ってもすぐ慣れるものではないだろう。

「どうしたんだ？」

マルクは平静を装いつつ、その魅力的な身体に目を奪われながら尋ねる。

「その、背中を流そうと思ってな」

タオルの裾を気にしながらそう言った彼女は、マルクの後ろへと陣取った。

「じゃあ、お願いしようかな」

「ああ、任せてくれ」

アデルはマルクの後ろに回ると、手で石鹸を泡立てる。

そして彼女自身の手で、マルクの身体を洗い始めた。

すべすべの手が、マッサージするように背中を撫でていく。

「んっ、っしょ、マルクの背中は思ったよりも広いんだな」

《**魔術師**》で後衛職ということ、身体能力は《**職業**》補正だよりだということもあり、マルクの身体は探索者にしてはかなり細身だ。

しかし、それでも成人男性。アデルと比べればやはり十分に広いのだった。

彼女は丁寧にマルクの背中を洗っていった。

泡がマルクの背中を包み込み、滑りのよくなった手がさらに大胆に背中を撫でてくる。

「ん、しょっ……はぁ、じゃあ、次は前だな。んっ」

背中を洗い終えた彼女がそう言うと、そのまま後ろからマルクの胸を洗っていく。

抱きつくようにして手を伸ばしてくるため、アデルの大きなおっぱいがもにゅんっとマルクの背中にあたっていた。

薄いタオル越しに、その乳首が硬くなっているのがわかる。

石鹸まみれの手で滑るのか、それともわざとなのか、彼女の乳首はくりくりとマルクの背中を擦っていった。

「んっ……あっ……はぁ……ぅんっ！」

艶めかしいアデルの声が、マルクの耳をくすぐった。

密着状態でそんな吐息を漏らすのは、反則だと言いたいくらいにエッチだった。

胸を洗っていた彼女の手が、そのまま下へと降りてくる。

マルクのお腹を撫で回して、次は太腿へと動いた。

その付け根で、マルクの肉竿はもう硬く立ち上がっている。

しかし彼女はそのまま足を洗っていき、最後になってようやくその部分へと手を伸ばす。

「じゃあ、最後はここ……マルクの、その、おちんちんだ」

泡だらけになったアデルの手が、マルクの肉竿へと伸びる。

彼女のおっぱいをぽよぽよと当てられ、その艶めかしい手付きで全身を撫で回されたため、もうビンビンになっているそこを、泡だらけの指が包み込んだ。

焦らされていたため、その快感がとても大きく感じられる。

「うわっ、すっごく熱くて、硬い」

ぬるぬるの手で肉竿をしごき始めるアデル。

滑りのよくなった手が肉竿を弄び、にゅるにゅると弄り回していく。

楽しそうに手を動かしながら、アデルはマルクの様子をうかがった。

「マルクの顔がエッチになってきてるな。あたしの手、気持ちいい？」

「ああ、すごくいい」

「よかった」

喜ぶアデルは興奮気味に肉竿をしごいていたが、最後まではせずに手を止めてしまう。

「も、もうきれいになったから、お湯で流して、と。さっ、湯船で温まってくれ」

背中の泡も流すと、アデルはそう言ってマルクを送り出した。

寸止め状態のマルクは、お預けをくらってもどかしいものの、彼女の意図を察してそのまま湯船へと入る。

すると、すばやく身体を洗い終えたアデルが、タオルを脱ぎ捨てて湯船へと来た。

彼女は足を大きく開くとマルクをまたぐ。

座った姿勢のマルクの、その顔の正面に、アデルの秘所がきていた。

「ぁ、あぅ……」

至近距離で割れ目を見せつけたアデルは、恥ずかしそうに小さく声を出す。

そして視線を下ろすと、揺れるお湯の中で、確かな硬度を誇っているその剛直を見つける。

「んっ……」

小さく息をのんだ彼女の割れ目に、マルクは手を伸ばした。

お湯以外のもので濡れていたそこは、ぬるっとマルクの指を受け入れる。

「ひうっ！　あっ、待って、まだ、んっ！」

軽く中を探索すると、アデルは快感にしゃがみ込みそうになり、マルクの頭を押さえた。

それは見ようによっては、自らの股間をマルクに見せつけているかのようだ。

「そんなに見ていじってほしかったの？　アデルはエッチだね」

わかった上でマルクがそう言うと、アデルはぽっと頬を真っ赤にして首を横に振って否定した。

「ちっ違う、これは、ひゃうんっ！」

言いかけた彼女のクリトリスを撫で上げると、耐えきれずに座り込んだ。

素直に降ろした彼女の腰に、マルクの剛直が当たる。

「あ……う……」

そして我慢できなくなった彼女は、わずかに腰を浮かせ、肉竿と角度を合わせてゆっくりとそれを挿入していく。

お湯の中なのに、それよりも熱く感じられそうな蜜壷に肉竿が呑み込まれていった。

アデルのそこはすでに十分に潤っており、お湯よりももっとぬめりのある愛液が肉竿をすぐに包み込む。

「はうっ……マルクのこれ、お湯なんかよりももっと熱いね」

アデルがそう言うと、まずは軽く前後に腰を動かした。

対面座位の形で繋がっているため、腰の動きに合わせて、揺れる胸が迫ってくる。

マルクは両手を前に出して、そのおっぱいを揉みしだいた。

柔らかな膨らみはマルクの手で形を変え、指の隙間からいやらしくはみ出してくる。

「あうっ、んっ……あぁっ」

掌で乳首を転がすと、アデルが嬌声を上げる。それと同時に膣内もきゅっと締まって肉竿を刺激した。

「はぁっ、ふぅ、んっ……あっ、もっと、んんっ！」

アデルは上下に腰を動かし、抽送を行っていく。

揺れる胸と水面。

蜜壺のじゅぷっ、という音とチャプチャプと揺れるお風呂のお湯。

「はっ、あっ！　ふっ！　ん、あふっ！」

湯気の中でも必死に腰を振るアデル。

「ぐっ……」

先程の寸止め手コキもあって我慢できなくなったマルクは、ラストスパートとばかりに腰を突き上げる。

「ひゃぁっ！　あっ、マルク、んっ、はぁぁんっ！」

お湯の中ということもあって、重さはほとんど感じない。下からでも十分に腰を突き上げていくことができた。

「あふっ！　あっあっ！　まっ、らめっ、んっ、ああっ！」

快感にとろける顔と、揺れるおっぱいが目の前にある。その光景もマルクを昂ぶらせ、さらに荒々しく腰を突き出した。

「ひうっ！　あぁっ、も、イク、イクイクッ！　んはぁぁぁぁあぁぁっ！」

ドピュッ！　ビュク、ビュルルルルッ！

「あふぅぅうっ！　熱いの、いっぱい中にでてるっ！」

絶頂中に中出し射精を受けたアデルが、その快感に震えながら叫んだ。

膣内もオスの精液をしっかりと搾り取ろうと蠢き、残さず中へ出させていく。

「うあ……やっぱりすごいな、これ……」

蕩けた顔でそう言うアデルが、ぎゅっと抱きついてきた。

柔らかなその身体に安心感を抱き、マルクも彼女を抱きしめ返す。

お湯の中で繋がった状態のふたりは、そのまま興奮して二回戦に突入し、少しのぼせてしまうのだった。

どくどく♡
はぁ はふっ
ぎゅ〜っ
ちゃぷっ
ちゃぷっ

あとがき

初めまして、もしくはお久しぶりです。大石ねがいと申します。この度は拙作をお手にとっていただき、ありがとうございます。この作品も前回に引き続き書き下ろしです。

前回は初の書き下ろしということで勝手が違い時間がかかってしまいましたが、今回それよりは早くお届けできたかな、と思っております。

また、本作は単独でも楽しめるように書かれておりますが、前作『奴隷から始まる成り上がり英雄伝説』を読んでいただいていると、より楽しめるかもしれません。

作品内でちらっと触れられている変異種事件、奴隷だったマルクが英雄となるまでの話がこちらに書かれています。

ユリアナ、ヨランダ、リュドミラの三人はこちらにも登場しているので、もしよろしければお手にとっていただければ幸いです。

本作の内容ですが、一定の成功を手に入れて落ち着きつつもどこか退屈を感じていた主人公が、若く夢見る弟子を育てる内、情熱を取り戻していく、というものになっています。

開始時点ですでに三人の美女に囲まれていて、もちろんサービスシーンもちゃんとあります。これで退屈なんてバチがあたりそうですね。

しかし話が進むにつれて、素直な弟子と不器用な女騎士まで参戦してくるので、前回より更に気軽に楽しんでいただけると嬉しいです。

本書最大の売りは、今回ももちろんもねてぃ様の素敵なイラストです。

ヒロインも増え、表紙や口絵も賑やかで華やか、とても素敵です。

冒険する都合上、スカートは短めになっており、脚に胸にと目が離せなくなっております。

特に見せ場の増えたリュドミラは更に綺麗になっており、彼女の挿絵に見入ってしまいました。

可愛い系である新キャラのシャルロットもとっても素敵で、こんなに可愛い弟子ならもっとべったり甘えるシーンを増やせたら良かったのに、なんて思ってしまいました。


それでは謝辞に参りたいと思います。

今回も作品を一緒に作って下さった担当様、誠にありがとうございます。執筆前から様々な場面でお力添えをいただきました。

イラストを担当して下さいました、もねてぃ様。ヒロインが五名とまた多くなってきましたが、どの娘も可愛く描いてくださりありがとうございます。

前作『奴隷から始まる成り上がり英雄伝説』を応援して下さった皆様、ありがとうございます。皆様の力で、こうしてマルクたちの物語をまた出すことができました。本作も楽しんでいただけると幸いです。

最後に、ここまで読んでくれた読者の方々。少しでも楽しんでいただけたのなら嬉しく思います。

紙面も尽きたようですので、ここまで。ありがとうございました！

二〇一八年七月　大石ねがい

KiNG novels

キングノベルス

隠居《いんきょ》英雄《えいゆう》が始《はじ》める駆《か》け上《あ》がり最強《さいきょう》伝説《でんせつ》
～魔術少女《まじゅつしょうじょ》と女騎士《おんなきし》との冒険《ぼうけん》ハーレム！～

2018年 9月 1日　初版第１刷 発行

■著　　者　　大石ねがい
■イラスト　　もねてぃ

発行人：久保田裕
発行元：株式会社パラダイム
〒166-0011
東京都杉並区梅里2-40-19
ワールドビル202
TEL 03-5306-6921

印 刷 所：中央精版印刷株式会社

KN058

KiNG novels
異世界で魅了チートを使って奴隷ハーレムつくってみた
来て来て！こんな世界もあるんだよ！
大石ねがい
illust:もねてぃ
騎士団の女たちを従え、覇道を歩み始めるリュウ。次々と魅了の力で従えて、美女のすべて手に入れていく。目指すのは……世界平和！なのだけど。